全力で突っ走れ！

蔵出し

折乃笠部長ブログ

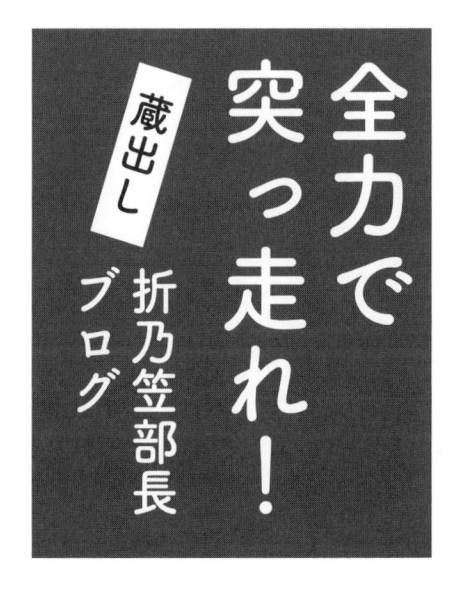

折乃笠 公徳
Kotoku Orinokasa

文芸社

刊行に寄せて

折乃笠公徳さんは「とっても素敵な人」です。「面白い人」「好奇心旺盛で、前向きな人」です。

人のことを褒めるとき、「いい人」「真面目な人」「よくできる人」「信頼できる人」などの言葉も思い浮かびますが、こういう言葉は彼には当てはまりません。

ちょい悪オヤジ、何にでも頭を突っ込み、毎日を楽しむ「人生の達人」です。

この本の書名は『全力で突っ走れ！』となっています。

しかし、折乃笠さんが全力で走っているようには見えません。7割操業、折乃笠さんの大型トラックは3割の余力を残してアクセルを踏んでいます。

もちろん仕事は十二分の成果を発揮しています。部下の指導・育成、同僚とのコミュニケーション、社外のおつき合い、さらに自身の趣味を、余力をもちながら悠々とエンジョイしている人生の達人です。

そのことはこの本を読んでもらったらおのずとご理解いただけるでしょう。

皆さんはきっと「折乃笠さんは幸せな人生をやっているなあ。私もぜひ見習おう」という気になられることでしょう。

この本の中には日野から下諏訪までの甲州街道約180キロを、独りで時速5キロ、江戸時代の旅人のように歩き抜いた話が出てきます。

夜明け前から夕方まで、田舎の道路をひたすら歩きます。時には大型トラックを避けながら、時には美しい景色を眺めながら、時には地元の方々と触れ合いながら、時には名所旧跡を訪ねながら。

そして最後に目的地にゴールした時のご褒美の缶ビール。これのうまさは飲んでいない私にも響きます。

折乃笠さんの徒歩行は大変だけど楽しそうです。何と素敵な旅でしょう。

それにしても夜明け前に折乃笠さんを駅まで送り、戻ってきたら疲れた体を駅まで迎えに行く奥様の献身ぶりには頭が下がります。幸せな旦那さんです。

お母さんが旅先で倒れ、一カ月の闘病生活のあと亡くなられた話、飼っていた犬や猫が死んでしまう話が出てきます。

死というきわめて深刻な出来事を淡々と冷静に述べている折乃笠さんは、ひょっとしたら卓越した宗教家かもしれません。

この本を通じて、私は折乃笠さんに人生の生き方を教えてもらっていると思います。どうせ一度しかない人生だから、明るく楽しく元気よくやろうよと教わっている気がします。

処女作に続いて第2作には人生を共に歩む奥様や子供さんをもっと登場させてほしいと思います。家族の協力なくしては折乃笠さんの幸せな人生はないと思うからです。

さらに折乃笠さんの人格形成に大きな影響を与えたと思われる幼少期を過ごした葛飾立石。東京の下町、ディープな立石もとりあげてほしいと思います。

第2作を期待して

折乃笠さんの親友　近藤詔治

（大型商用車メーカー元会長、元社長《折乃笠が部長の時の社長》）

はじめに

私、折乃笠は１９８２（昭和57）年大型商用車メーカーに入社し、それ以来エンジニアとして全力で突っ走ってきました。設計部長、技術管理部長やダカールラリー戦闘車のチーフエンジニア（開発責任者）を歴任しました。開発の仕事というものは、途中の道で、多くの難所、行き止まり、登りきれない坂があります。何度も立ち往生しながらも、何とか歯を食いしばって乗り越えてきました。

そんな経験と思いを若い人たちに伝えたくて、２００７年満50歳の時、〃折乃笠部長ブログ〃を部内、社内に発信開始しました。最初は軽い気持ちで作成、発信していたものが、やがて自身の知見や知識が広くなり、新しい価値観や希少な経験ができ、私の人生の方向を大きく変えることになります。もし、この〃折乃笠部長ブログ〃をやらなかったら、〃人間らしく生きる〃という一生のテーマにいきつかなかったでしょうし、今の自分はなかったと思います。まさしく〃50にして天命を知る〃でありました。

今思い出せば、ほんとに軽い気持ちでブログを開始しています。原文を紹介します。

２００7年6月4日　ブログ開始
皆さんこんにちは！　今日は生まれて初めてのブログ。デビュー戦です。
なぜ、ブログかって？
目的
①皆さんとコミュニケーションを強める
②業界、社内部内の情報を伝える
③我が部の進むべき方向を考える
④私を知っていただく
ん～、何かこう、硬いな～。もう一度。
進め方
①皆と楽しい話、悩み事、愚痴の言い合いをする
②興味のある話題を面白おかしく伝える
③〝部を明るくする〟にはどうする？　を一緒に考える
④私の日頃の行動と考えていることを暴露する
　これで行きましょう！

ブログにさっそく読者から反応がありました。

「一日の始まりに、モチベーションに火を付けるべく毎朝チェックします！」「部長が身近な人に感じられます！」など。

滑り出し好調。責任重大です。当時、相当なプレッシャーとなりましたが、部長としての自覚が増しました。

自分を褒めてあげたいのは、開始からの約6年間、1日も休まず毎日発信し続けたことです。全部で700個くらいのブログを書きました。毎日残業で午前さま、土曜日も休出という超多忙の中、よくぞ頑張りました。「継続は力なり」を不言実行で読者に伝えたかったのです。読者は、私がいつブログを書いているのか、首をかしげていました。通勤電車の中でアウトプットイメージを考え、それに関する情報収集を本や雑誌、テレビやインターネット、場合によっては図書館で調べる、現地へ行ってみるなどしてストーリーを作り、日曜日朝4時に起きて1週間分のブログを書いていました。

本当にこのブログをやってよかったと思ったのは、ブログでの話題提供をきっかけに、読者（社員）が仕事について、純粋に、本気で議論し、建設的な解決策を見出していった時でした。ブログがコミュニケーションツールとして活躍し、社内で活発に意見交換をして皆が前向きに考えるようになったこと、意見を臆せず自由に語れるようになって、部長として本当にうれしかったです。

このたび、読者の皆様には本書をお読み始めていただき誠にありがとうございます。

私、折乃笠といたしましては、

全ての読者の方が、笑って涙して感動して元気になれますように。

若い方が仕事以外にもいろいろなことに興味が持てますように。

ビジネスパーソンの方が少しでも仕事の進め方の参考にできますように。

サラリーマン以外の方がサラリーマンも良いもんだと思えますように。

そして、全ての読者の方が読み終えた時、人として何が大切で、真の幸せとは、を考えていただけるように願っています。

目次

刊行に寄せて　3

はじめに　6

1　折乃笠部長　汗と涙と笑顔でお仕事　13

笑顔で行こう！　14

ハンドルへの思い入れ　技術者魂　15

働きがいとは　17

おいらは多摩のビジネスマン　18

幸せになる練習　20

2　折乃笠部長　昔に帰ろう　25

故郷はありがたきかな　26

思い出の一人旅　旅こそ人生　36
愛犬と愛猫　そしてお別れ　40

3　折乃笠部長の素顔　51
山梨に住んでます　52
折乃笠暮らしの手帳　60
秋を感じる～色、風、音　68
四方山話　70
ホスピタリティ、本当の感謝　81

4　折乃笠部長　歴史を語る　85
歴史はロマンだ！　空想インタビュー　86
戦争の悲惨さを語る　101
政治は人だ！　歴代首相に空想インタビュー　111

5　あっと驚く折乃笠部長の趣味　123
おもしろ鉄ちゃん、鉄道オタク　124

自称読書家です　127
長編　甲州街道を歩く　130

6　折乃笠部長の熱い思い　頑張ろう日本　197
日本人に生まれてよかった　198
東日本大震災を忘れない　201
昔受けた東北の恩　203

7　折乃笠部長のもう一つの顔　小説家　209
甘く切ない夜汽車の物語　210
ウイスキーが、お好きです　212
連作　銀の鈴　214
あたいは猫である　219
おかあさん　228

おわりに　234

1　折乃笠部長　汗と涙と笑顔でお仕事

笑顔で行こう!

部の新スローガンポスター「笑顔で行こう!」5種類、とっても気に入っています。

1枚1枚の笑顔の写真を見ると、ほんと! こっちも思わず微笑んでしまいます。

今回も部改善ワーキンググループで作成致しましたが、写真で全てを物語りたい! 何かこう元気が出るようなもの! 部を明るくするためには! と、かなり議論をし、練りに練ってポスターを作成しました。

「笑顔で行こう!」

笑顔って心の底から出るものだと思います。つらいとき、悲しいとき、心に余裕がないとき、なかなか笑顔になれません。それでも笑顔がつくれる人は本当に心の強い人だと思います。

無理するのは止めましょう。つらいとき、悲しいとき、心に余裕がないときは、それなりの顔で訴えましょう。そのほうが人間的です。ただ、そんなときはこのポスターを見てください。

自然と笑顔になれたら本当にうれしいです。

ハンドルへの思い入れ　技術者魂

川北義則著『男の品格　気高く、そして潔く』（ＰＨＰ研究所）を読みました。その中で、「車のハンドルに『遊び』があるように、人生の運転にも『遊び』が必要なのだ」という部分がとても印象的でした。

ハンドル、つまりステアリングホイール。タイヤは車両と路面を常時結ぶインターフェースならば、ハンドルは人と車両を常時結ぶ唯一のインターフェースです。

ハンドルは曲がるためだけの装置ではありません。

ドライバーは、自ら足と床、腰とシート、手とハンドルの３点でしっかりと自分のドライバーズポジションをつくり、できるだけ疲れない体勢で運転します。そのとき、ハンドルの外径、グリップ形状、硬さは非常に重要な要素になります。

大型車のハンドルの外径は35年前、まだパワーステアリングがない頃、手の力を有効に使うため、乗用車に比べてかなり大きなものでした（５００ミリ、一番大きいワンボックスカーで３９０ミリ）。

その後、パワーステアリングが普及してからも、しばらくの間、外径は不変で、これは昔からのドライバーズポジションに慣れてしまったからです。

さらに、ドライバーの世代交代、女性ドライバーの進出などにより、十分な市場調査及び各種評価の下、外径を４８０ミリ、４６０ミリと小さくしてきました。

人間の感覚とはたいしたもので、外径を10ミリ変えただけでもすぐ分かってしまいます。現在のハンドル外径は好評で、当面変更するつもりはありません。また、グリップ形状、硬さも10個以上のサンプルを作り決定致しました。他社もほとんど我が社と同じになってまいりました。

その他のハンドルの機能としては、路面の状態を手に伝えることがあります。悪路を走行しているとき、手に振動を伝える。操舵しているとき、その重さにより路面状態をドライバーに伝える。その他負荷機能としてホーン機能、エアバック機能があります。

ハンドルは車の中で最重要機能部品の一つなのです。

最後に先ほど出てきました「ハンドルの遊び」。車両が直進しているとき、ドライバーは常にハンドルを微小操舵して進路を修正しています。もし、ハンドルに遊びがないと、とてもクイッキー（敏感）で車両は蛇行してしまうのです。人間も同じ。遊び心がないと性格がクイッキーでゆとりのないつまらない人間になってしまいますね。

働きがいとは

働きがいのある会社はユニークさ、日本の伝統、顧客満足度、プライドを強く持っていると言います。

それでは、我々は働きがいを持つためにはどうすればよいでしょうか？

独断と偏見で述べますと、一番目は、自分の仕事がお客さまのために、日本のために、世界のためにどの部分で役に立っているかを考えることだと思います。

例えば、法規認証業務でしたら、世界中の人々の生命を確保する、安全や地球環境を守る燃費向上のためのそれぞれの国の法規を入手、解釈し、我が社の自動車作りに展開し貢献する。部の庶務係でしたら、グループ、室、部、機能、社の主要業務がいかにスムーズに遂行できるか、業務遂行し支援する。なくてはならない陰の立役者ですね。いずれの仕事も商用車を使っていただくお客さまの満足のために常に考えることも必要だと思います。

二番目は目の前に置かれている仕事を好きになることです。無理やりでもよい、はったりでもよいから好きになること。

仕事は給料をもらっているのだからきついのは当たり前。そこをどう前向きに考えるかが大事なのだ、と私は思います。

三番目は自分の仕事にプライドを持つことです。そのためには常に仕事を一人称で遂行することが大切だと思います。

働きがい、それは自分の心が全て決めることだと思います。

おいらは多摩のビジネスマン

虎ノ門の発明会館で開催された〝知的財産フォーラム〟に参加してきました。

お昼前、少し早めに会社を出て、虎ノ門界隈を探索。紺のダブルのビジネススーツに紺とやまぶき色のストライプのネクタイ。黒ぶちの眼鏡。ビルのウインドウに映る我が姿に「背が高くて、この頃のジョギングの効果で体も少し引き締まってきたし、なかなか良かっぺ！　おいらは多摩のビジネスマン！　だっぺ！」↑なぜか茨城弁
周りのOLも注目しています？　してない、してない。

多摩のビジネスマンはすっかりその気になって、「あんれが財務省、こんれが特許庁、あんれが霞ヶ関ビル、こんれが虎ノ門病院。ここは、日本の経済の中心地なんだな」と一人感心しています。

多摩のビジネスマン、おなかがすいてきました。OLが入っていくのに誘われて、ちょ

いとおしゃれなランチレストランに。「ナウい食べ物がいっぺいある。タコライス！　虎ノ門でタコ食うか」とさっそく注文。

多摩のビジネスマン、大きく期待しています。「そんだば、さっそくいただきます！あんれ？　なんか違うような？」。多摩のビジネスマン、タコ入りの焼き飯か、タコの唐揚げごはんと思っていた（本当にそう思って期待していた）ところ、ライスの上に挽き肉の炒めものと目玉焼き。

多摩のビジネスマン、怪訝そうにライスを見ている。隣のOLがちらちらとこちらを見ている。気を取り直して食べ始めると目玉焼きがかたい。プラスチックのスプーンが変形して切れない。多摩のビジネスマン苦戦中。やっと切れたと思ったら、今度は勢いあまってライスがテーブルに散乱。こぼれたライスを手でつまんで急いで口の中へ。

「まずい、ちょっと品がなかったべか？」

隣のOLがクスクス笑っています。気を取り直した多摩のビジネスマン、やおらに鞄からビジネス経済雑誌を取り出し、難しい顔で読み始め、マーカーペンでチェック。隣のOLを見て、どうだ！　というところ。

ところがもう一つ経済は得意でないので、頭に入ってこない。「しんかし、らしくするのも疲れるもんだっぺ！」

多摩のビジネスマン、本番の〝知的財産フォーラム〟に参加する前にすっかり疲れきってしまっています。

さて〝知的財産フォーラム〟に参加した多摩のビジネスマン、各社の特許戦略にはただただ感心するのみ。これはいかんと決意を新たに！　多摩のビジネスマンは特許マンに変身モード。すっかり興奮しています。

まずは自身で勉強して戦略を立てねば。近々、ブログで我が社の特許戦略を報告すると決意。その後、システム商品紹介になるや、タコライスと特許戦略ですっかり疲れきった多摩のビジネスマン、ぐっすりおやすみモード。

その後、すっかり疲れを癒やした多摩のビジネスマン、予定通り、葛飾の実家へ行って、父、兄、姉と一杯。すっかり日本酒を飲み過ぎた多摩のビジネスマン。

帰りの中央線ではよれよれ。最後の力を絞って家に帰った多摩のビジネスマン。

ぐっすりおやすみ、多摩のビジネスマン。

幸せになる練習

私、日頃から幸せについてよく考えています。難しい仕事を皆でやり遂げた時、家族で夕食を食べている時、ジョギングが終わってビールを飲む時……時々人と自分を比べてしまって自分のほうが幸せ……なんて思うこともあります。

幸せ、そんなに堅苦しく考える必要はありませんね。時々、深く考えたり、考え直したりとリセットすると、さらに幸せを感じられるかもしれませんね。少し肩の力を抜いて〝幸せ〟について考えていきましょう。

はじめは、仕事です。あんれ？　最初から肩の力が入る話題？

現在、仕事をよりやりやすくするために、職場環境を改善しています。。開発機能では、今回〝モチベーション向上活動〟をキックオフさせました（折乃笠がリーダー）し、部内では、それと合わせて〝レインボーカラー技術管理部〟で活動していきます。

もちろん、このブログで少しでもお役に立ちたいです。たいへん微力ながらも、皆さんが少しでも〝幸せ〟になれるよう、頑張りたいと思っています。皆さんも、ぜひ、前向きに〝仕事〟と〝幸せ〟について考え、行動してください。我々会社員は圧倒的に長い時間、会社で仕事をしています。

次にあげるとしたら地域の人との交わりではないでしょうか。

会社での仕事を離れてのいろいろな活動の交流は、人生の深さ、広さを増すためには非常に有効だと思います。地域性、老若男女、職業、家族環境、考え方が違う人たちとの交流。改めて自分を見直すことができます。

地域では、どんな職業、どんな会社、どんな役職についているかなんて、関係ありません。勝負は人間性だけです。そこで仲良くなれるかどうかです。仮にそこで「どこどこ会社の部長でござ～い」と言ったところで、「すごいね」、内心「だからどうした」と思われるのが関の山。

逆に地域交流がうまくいきだすと、とても幸せになります。

皆さん、ぜひ会社以外でも、いろいろな人たちと交流を持ってください。きっと人生が豊かになり、さらに〝幸せ〟を感じることができると思います。

「幸せは、お金だろう」という声も聞こえてきます。そりゃあ！　お金は、ないより、あったほうがいいっすよね。でもね！（長山洋子風の演歌調でどうぞ）

私、決してお金持ちではありませんが、好きな人にはいくらでもおごってやっても損とは思いません。しかし、嫌いな人には、1円たりともおごりたくありませんね。（ただし、やっぱ、一番大事なのはお金の価値観をしっかり持つことだと思います。

私、酔っ払うと気が大きくなって、大盤振る舞いしてしまいます。皆さん、そのときはどうかほっといて、たからないようにしてください）。

よく、耳をふさぎたくなるような芸能ニュースがありますが、有名人の馬鹿息子が月に数百万円のお小遣いをもらっている、挙げ句の果てに麻薬に手を出した……なんて。額に汗をして働いてみろ、なんて言いたくなりますよね。

自分のお金の価値観とお金を使う環境の選択。それがうまくコントロールできれば、きっと〝幸せ〟になれると思います。でも、お金は、ないより、あったほうがいいっすよね。

さて、〝幸せ〟について語ってきました。

東日本大震災で被災された東北の方々のことを思うと、軽はずみに〝幸せ〟なんて言えません。しかし、東北の方々は、深い悲しみの中、少しでも〝幸せ〟になるための努力をしていると思います。同じ日本人として、ずっと応援をしていきたいと思います。

〝幸せ〟は自分がつくるもの、そして、ちょっとしたことでも味わうことができる、と私は思います。

2　折乃笠部長　昔に帰ろう

故郷はありがたきかな

生まれも育ちも葛飾立石です

私、生まれも育ちも葛飾柴又の近くの立石です。家は小さな木造平屋のプレス金型製作の工場で、前に大きなどぶ川が流れていました。

近所付き合いが盛んな長屋生活。漫画の『三丁目の夕日』そのものでした。

父は茨城の御前山テストコースの隣の桂村出身。小さい頃はたいへんな秀才（自称）で学校の先生になりたかったらしいですが、家が火事になってしまい、東京向島のプレス金型工場に小僧として上京。性格は温厚で人当たりは良い。怒ると怖え。

母は東京浅草生まれのちゃきちゃきの江戸っ子。女学校を出て向島の親戚の洋食屋でお手伝い。向島小町（自称）と呼ばれていたらしい。性格は曲がったことがでえきらい。涙もろくて情に厚い。

父はあまり物申さずでしたが、母は非常に厳しかったです。母には勉強しろだとか言われたことはほとんどありませんが、躾は厳しく、特に人さまに迷惑をかけたりするとたいへんな勢いで怒られました（布団たたきでよくぶたれた）。

住み込みの職人さんと一緒に暮らしていたこともあって、ご飯をもぞもぞ食べていると

「いつまで食べているんだい！　あまり口の中でかんでいると、口の中でうんＫＯになっちゃうよ！」と怒られたり……。

父はたいへんな働きものでした。かつ、たいへんな大酒飲みでもありました。私17歳にして浅草の飲み屋に連れていってもらいましたし、タバコも17歳から吸っていると、「おまえもタバコを吸うようになったか」と喜んでいましたし……私が大学に受かった時は学歴のない父が一番喜んでくれました。

今思うには、両親には厳しく、楽しく、おおらかに育てられたという感じです。尊敬していますし、感謝しております。

20歳まで葛飾の両親の下におりました。そのあと、新潟長岡の大学3年生に編入して葛飾を離れました。

映画「男はつらいよ」の寅さんの影響は大きいですね。なんてったって、周りがおいちゃんやおばちゃん、さくらやひろし、タコ社長みたいなキャラクターの人たちばかりでしたから。周りは情の深い、あたたかい人が多かったです。

寅さん映画は全48作で日本が世界に誇る名作です。昔は必ず国際線の飛行機で上映していました。ストーリーはいつも単純ですが、必ず美しいヒロインが出てきて、寅さんが恋をしてふられ、また旅に出る。周りの人たちとのふれあいが何とも言えなく、あたたかくせつない。いつもの小気味の良いフレーズ、「結構毛だらけ猫灰だらけ、けつのまわりはくそだらけ」

「たいしたもんだよ！　かえるの小便、見上げたもんだよ！　屋根屋のふんどし……」。いいですねえ〜。

先日しばらくぶりにＤＶＤで映画を見ましたが、ん〜懐かしかった！

ぜひ皆さんも映画「男はつらいよ」を観てみてください。

葛飾は寅さんにより世界的観光地になりました（かなり大袈裟ですが……）。

鉄道は北に常磐線。派出所で有名な亀有があります。南に総武線。新小岩はパチンコの町です。真ん中通るは京成線。立石駅から3つ目が柴又駅です。

柴又には帝釈天があり、参道には草団子屋（寅さんの実家「とらや」もそうです）が並んでおり、うなぎの蒲焼屋も多くあります。昔は近くの江戸川でうなぎが多く獲れたそうですが、今はほとんど輸入ものだそうです。

実はとらやは実在します。中は映画とほとんど同じ。映画のおいちゃんやおばちゃんぽい人もいます。江戸川の土手で、トタンで芝すべりをしていた時、手を切ってしまい、おばちゃんに包帯を巻いてもらったことがあります。その時、草団子も食べさせてもらったような？

柴又には「葛飾柴又寅さん記念館」があります。行ったことはありませんが。

他の観光地は水元公園、菖蒲がとてもきれいです。江戸川の花火大会も有名です。立石のもんじゃ焼き屋。皆さん一度葛飾に行ってみてください。あたたかい気持ちになれますよ。

越後長岡　青春の地

20歳から24歳まで新潟の長岡技術科学大学にいました。本大学は全国各県に一校ずつある高専（東京は3校、北海道も3校）卒業生主体の国立大学です。私は一期生になります。

初めて長岡駅に降り立った時の第一印象は、美人が多いなあでした。勉学に対する強い希望よりも、別の意味の希望が湧いた次第であります。

大学構内はまだ工事途中で、土木系の授業は長靴をはいて自分たちの学校を造ることがメインでした。

我ら機械系は実験するための試験片や測定機器を自分たちで作るところから始まりました。横フライス加工においては私より右に出るものはいませんでした。即現場戦力と言われていました。

先生たちも民間の企業から来た人たちが多く、ユニークな授業だったのは前コベルコ設計課長のクレーン車の設計や前ＮＳＫ技術部長のベアリングの設計などがあったことです。

最初の2年間は寮生活、同級生との交流が深まりました。楽しかったですねえ。なんたって日本全国の方言が聞けるのですから。後半の2年間はアパート生活。部屋は宴会場化してしまいました。

越後長岡の4年間は友人との交流、スキー、旅行、お酒、アルバイト、その他でたいへん充実した学生生活でした。

勉強は？　私、都立航空高専出身ってこともあって、落ちそうで落ちない低空飛行を実施。ギリギリで卒業できました。ただし、最後の1年間は寝ないで大学院修士論文を書きました。

一番よかったことは大学の卒業式で1回、大学院の卒業式で1回と計2回葛飾の父を招待できたことです。いろいろと面倒をかけた大学、大学院時代、唯一の親孝行でした。

「国境の長いトンネルを抜けると雪国であった」

ノーベル文学賞をとった川端康成の小説『雪国』の始まりの一文です。

その小説通り、新潟の内陸はたいへんな豪雪地帯です。私も初めての冬、車道の両側に積まれている雪の歩道で何かにつまずいて転んだことがあります。よく見ると下でピカピカ光っている。なんと！　歩道用の信号機でした。

一晩に降る雪も1メートル以上、アパートのふすまが屋根の重みで開かなくなることもしばしば。冬は長く、どんよりと暗い雲が垂れ込める日々が続きます。

その反動か？　新潟の夏はどか～んと花火大会が盛大に行われます。その中で長岡の花火大会は質、量、共に日本最大級、国際的にも有名です。三尺玉は上空６００メートル、直径６５０メートル級の大法輪。ナイアガラは信濃川長生橋１０００メートルに渡るしだれ花火。

その他、大スターマインなど、すごいの一言です。花火好きの方、ぜひ来いなすって！長岡へ。その他、佐渡島の金山や海の幸、奥只見の紅葉、十日町の雪祭り、越後湯沢の温泉と山の幸、白鳥の飛来地、瓢湖、燕の洋食器。柏崎の原子力発電所。県内全てスキー場。多々あります。新潟は観光の宝庫ですよ。

新潟は海あり山あり川ありで、うまいものがたくさんあります。まず、代表的なものとして米があります。

「こしひかり」これはうまい。新潟県内どこへ行っても食べられます。学食でも一番うまかったのがご飯でした。

米がうまいと酒がうまい！　皆さんもご存じの方は多いと思いますが、越の寒梅、雪中梅、久保田、吉の川、朝日山、多々あります。新潟の人の「酒を飲もう」は「一人一升は飲む」という意味です。とにかく酒の強い人が多い。

もう一つ、米がうまいとおせんべいがうまい！　亀田製菓、ブルボン北日本食品、浪花屋製菓など日本有数のおせんべい屋があります。

海の幸。長岡から海に向かって30キロ（よく自転車で行きました）に寺泊があります。新潟屈指の漁港があり、道沿いにたくさんの海鮮物販売及び焼き物屋台が並びます。朝採れた魚や貝、かになどそれはそれはうまい！　しかも安い！　これもぜひ皆さんに食べさせたい。

かに好きの私は、一緒に行った後輩からかにの甲羅をふんだくり、かにみそ食べ過ぎ。その場でピッピー！　いくらうまいといっても食べ過ぎには注意が必要です。その他、草履のような栃尾のあぶらあげ、のっぺ汁。新潟はうまいものの宝庫です。

茨城の方々に涙で感謝——第三の故郷の3つの涙

茨城に皆さんはどんな印象をお持ちでしょうか？　私にとって茨城は心の故郷であり、そこに住む人たちとの交流の思い出が財産です。私の父はテストコースのある御前山の隣の桂村の出身です。今も叔父（父の兄）や従兄弟たちが先祖代々の石屋（石の加工業）をやっています。

子どもの頃、「田舎へ行く」は夏休みの最大のイベントであり、たいへんな楽しみでありました。山の中の一軒家で、朝はにわとりとともに起きて、朝ごはんは生みたての卵。昼間は兄や従兄弟たちと虫取りや川での水遊び、隣村の探検（従兄弟は小学生からすでにバイクを乗りまわしていました）。

従兄弟たちの兄弟喧嘩は大根を持っての叩き合いでした。迫力満点です。スイカを食べたり、もろこしを食べたり……。

最高の料理は叔母が作ってくれる鳥肉料理、これはうまかった。次の日、裏庭にはたくさんの鳥の毛が落ちていましたけれど……。

テレビ東京の番組、「田舎に泊まろう」やＴＢＳの「世界ウルルン滞在記」そのものなのです。子どもの頃の夏の思い出です。

茨城の人は無口で実直、第一印象は良くないが、心あたたかく、親切、相手につくすばらしい人たちです。

大学4年の後半、5カ月間実務訓練と称して日本全国の企業で実務を経験し、次の修士課程に生かすというカリキュラムがありました。私は某電機メーカーの水戸工場に5カ月間お世話になりました。寮生活で日当３００円でした。

職場は電気機関車を造る部署でしたが、その頃は電気機関車の受注がなく、エレベーターの部品を作っておりました。

最初の1カ月は現場実習。そこにいた現場の「おっちゃん」は無口で黙々と働くタイプ。私もただその人の真似をして黙々と働いておりました。後半は言葉少ないながら会話するようになり、心が通じるようになりました。

現場実習最後の日、そのおっちゃんがお寿司屋に連れて行ってくれたのです。決してきれいではなく、うす暗いお店でしたがおっちゃんの行きつけらしい。

「この兄ちゃんは本当によく働いてくれた。俺はうれしくて、この店に連れてきた」

私、目頭がじわあ〜。

板さんが「このまぐろは舌でとろかすように食べてくれ」と。なんと、そのまぐろはトロではなく、ただ凍っているだけでした……。その冷たさ？　に涙がぽろり。そのまぐろの味は今でも覚えております。

現場実習も終わり、テーマ研究実習が始まりました。私のテーマは溶接条件によって、いかに溶接欠陥を減らすかというものです。来る日も来る日も、テストピースを溶接、切断、やすりがけ、バフがけ、顕微鏡で観察、考察、フィードバック。でも、毎日が発見の連続で、職場の人たちとの交流があり、楽しかったですねえ〜。

昼休みは野球部ピッチャーだった課長のキャッチャーをやったり、現場へ行っておっちゃんたちと世間話や同世代のお兄ちゃんたちとスケベ話をしたり……。

お正月、直属の上司が家に招待してくれました。印象は、「若いのに大きな家に住んでいるなあ、きれいな奥さんだなあ、子どもは奥さん似でよかったなあ」などなど。すっかりご馳走になり、帰り際、上司が折ったちり紙をくれました？？？

寮に帰って中身を見たら、なんと５０００円。給料がない自分に報酬をくれたのでした。

ちり紙の上に涙がポロリ。

実務訓練も無事に終わり、いよいよ長岡に帰ることになりました。最後の日、実習生の分際でありながら、課員全員が居酒屋で送別会を開いてくれました。最後の挨拶の時、一人一人お世話になった先輩たちの顔を見ました。なんと涙ぐんでいるではありませんか！　それを見た瞬間、私はまたも涙がほろり。茨城の人たちは実直で素朴であたたかい。最高の実務訓練でした。

その頃から「涙が出るほどの感動を！」が自分のフレーズになりました。

それでは最後に茨城の観光案内をします。

水戸黄門、皆さん知っていますか？　格さん、助さんを従えて日本全国を行脚した元の副将軍。あまりにも有名な超ロングセラーテレビ番組。もう40年は続いていると思います。茨城といえば、まず思い浮かびますね。

その他には水戸納豆。これも全国的に有名なものです。水戸市内には納豆料理屋がたくさんあります。私も納豆が好きで毎日昼に食堂で食べていますが、さすがに料理屋で納豆だらけというのは閉口ですね。

大洗海岸。岩だらけの海岸で海水浴をすると体中傷だらけになってしまいます。あんこう料理が有名です。

また、北海道行きのフェリー港でも有名です。

牛久沼のうなぎ。脂ののった蒲焼が絶品。

筑波山。男体山と女体山があり、登山すると結構きつい。がまの油（がま蛙の油あせ）が有名。塗り薬として何にでも効くらしい。

つくば学園都市。筑波大学、国や民間企業の研究所がある日本一の研究学園都市です。

日立製作所及び日立グループの本拠地。日立グループがこれだけ発展したのは茨城県民の勤勉さにあると私は思っています。

皆さん、ぜひ一度、茨城を訪れてみてください。

きっとあたたかい気持ちになれると思います。

行ってみっぺ！　ハア〜茨城さへ。

思い出の一人旅　旅こそ人生

17歳　原付バイクで関西一周の旅

「旅」――学生時代この言葉にあこがれていました。その頃、フォークソングが流行っていて、吉田拓郎、かぐや姫、赤い鳥、荒井由実などなど（私はかぐや姫が好きで、今でもほとんどの曲は歌えますよ）が全盛の頃でした。旅の歌も多く、歌を聴いて旅に出た気分でした。♪やさしい雨の祇園町～♪

また、テレビでは中村雅俊による「俺たちの旅」といったドラマが流行っていて、私もカーキ色のジャンバーにベルボトム（ラッパ）のＧパン、頭なんかパーマかけて上野辺りを歩いていました。

♪夢の坂道は木の葉模様の石畳♪

私、その頃から一人旅が好きでいろいろな所へ行きました。

長いときは2週間ぐらい、短いときは半日。交通手段は電車、車、バイク、自転車、歩きなどなど。そのときそのときで楽しみます。旅で一番楽しいのはその土地土地の人とのふれあいですね。私の宿泊はほとんどユースホステルを使いましたが、それは国営、県営、市営、私営と規模や経営、雰囲気がまちまちで、それぞれにおもしろい。

私は私営が好きでしたねえ。場合によると宿泊客が一人のときがある。そのときはそこの家族とご飯を食べたり、寝泊まりする。いろいろなふれあいがあります。町並みを歩くのも好きです。そこで暮らす人たちの生活を肌で感じる、会話を聞いて生き方を知るなど。少しぐらい高くてもその土地土地の食べ物を食べます。それぞれの文化があると思うのです。

朝はできるだけ早く起きて外に出て、朝の空気を胸いっぱい吸い込む。不思議とその土地土地のにおいがあるんですね。

もちろん有名な寺院や観光地を回ります。私の旅は結構綿密な計画を立てます。もちろん実際行ってみて、予定変更することは多々ありますが、せっかく行くのですから、無駄なく回りたいと思っています。

あ～あ！　旅に出たくなりましたね！

高専3年生（17歳）の夏休み、ダックスホンダ50ｃｃバイクで関西一周旅行に出ました。今考えれば結構無謀だったです。自分にとっては初冒険みたいなものです。母親は心配で眠れなかったみたいです。

夜、東京港フェリーふ頭を出航。さんふらわあ号で那智勝浦へ。朝、那智勝浦港に到着。船の上で見た日の出はきれいだった。その後、潮岬へ。ここは本州最南端。とにかく太平洋がきれいだった。その後、紀伊半島の海岸線を北上。串本、南紀白浜、和歌山へ。とにかく暑かったことと道端で食べた魚がうまかったことと、くじらを見たことが思い出されます。和歌山からは西に進路を変え高野山へ。ここの坂は50ｃｃのバイクではきつかった。鬱蒼とした山寺で精進料理、座禅を経験。

その後、北上して大阪へ。通天閣でたこ焼きを食べる。周囲の交通マナーが悪くて何度も危ない目に遭う。次に京都へ。ここで東海道を50ｃｃ商業バイクで来た友人と、夜行電車で来た友人と待ち合わせ。少し心細かったのでこの時はうれしかった。それから3日間はバイクに乗らず、ユースホステルで知り合った女の子と京都見物。楽しかったですねえ。

その後、皆と別れて再び一人旅。南下して伊賀上野へ。ここには忍者屋敷があり本当の忍者がいる。手裏剣をお土産に買った。そして、奈良、飛鳥へ南下。古い寺院や遺跡の旅。バイクだから小回りがきいて、いろいろな所へ行けた。奈良公園で鹿せんべいを食べてみたが、まずかった。

さらに南下し吉野山へ。ここは吉野神宮が有名。夏でも薄ら寒く、冷え冷えとする山中でした。ここでガス欠を起こし、車にひもで引っ張ってもらった。

その後、紀伊半島の真ん中の十津川沿いを南下。温泉に入ったり、バイクでつり橋を渡ったり、いよいよ最後に近づいてきた。そして、再び太平洋岸へ。那智勝浦より北の新宮着。さすがにそろそろ家へ帰りたくなってきた。

夜、那智勝浦を出航。フェリーさんふらわあ号で東京へ。2週間の冒険旅行は終わりました。家では心配した両親と友人が外で待っていてくれました。家で皆で食べたご飯と味噌汁がとてもうまかったです。今でもこの時のことは忘れられません。

愛犬と愛猫　そしてお別れ

愛犬物語　太郎

私が小学校5年生の時だったと思います。家は木造の平屋からモルタルの2階建てに変わりました。私はというと、児童会の役員なんかやってはいるものの、相変わらずいたずらっ子で、毎日外で近所の子どもたちと走り回っていました。

そんなある日、父が浅草の松屋で一匹の子犬を買ってきました。体は深い茶色、足が太く、尾っぽがきれいにくっと巻いている。顔は熊のように黒く、目が黒豆で、ほんと愛嬌のある顔をしている。秋田犬と柴犬の雑種だが、一応血統書はついているとのことでした。まだまだ体は小さく、お母さんが恋しい時だろうと思いながら抱き締めてやると私の顔をぺろぺろ舐めています。その顔は本当に愛嬌があって憎めない、思わず「太郎～」って私は呼んでいました。それから子犬の名前は〝太郎〟になりました。

愛嬌があって、性格がやさしいので、近所の人たちからも可愛がられて、すくすくと大きくなりました。1歳の頃には、さすが秋田犬の血を引いているだけあり、巨大犬になっていました。

一応、番犬として外で飼っているのですが、皆から可愛がられているため、知らない人が来ても吠えることがなく、すぐに尾っぽを振ってしまいます。

我ら下町のガキたちは、学校の仲間も、近所の子どもも、太郎なしではいられないほど、中心人物、もとい、中心犬になっていました。

その頃はまだそんなにうるさい時代ではなかったので、昼間は時々放し飼いにしており、夜は毎日放し飼いにして、自由にしてやっていました。我々が公園で遊ぶときも家の周りで遊ぶときもいつも一緒。部活の朝練があるときは学校までついてきて、待っている間、校庭でうろうろしています。先生も「やあ！　太郎」とお咎めなし。一緒に散歩をしているとお店の人が「太郎、お食べ」と結構よいものをくれたりします。行動半径が広く、家から5キロ離れた所で太郎を見かけたという人もいました。いろいろな所で太郎に似た黒い顔の子犬が生まれることがあり、太郎の子ということで飼い主からは喜ばれました。

確か、私が中学2年生の頃だったかと思います。部活か何かでとても疲れて腹を空かせて帰って来た時、何らかの理由で夕飯がまだできておらず、母に食ってかかったら、3倍になって返ってきて、最後に横面にビンタ。さすがに怒った私は自転車で家出。

とにかく、何だか悔しくて、腹立たしくて、悲しくて……。一目散に自転車をこぎ続けていました。自分でもどこに向かっているのか分からないのですが、とにかくこれ以上スピードが出せないと思われるほど、走り続けました。

だんだん車の数が減って、車の音が少なくなってきたところ、ふいに後ろのほうから足音とゼイゼイする音がしました。振り返ると、なんと、太郎が必死に走ってついて来ているではありませんか！

「太郎！」

私、自転車を降りて、太郎を抱き締めていました。太郎は私の顔をぺろぺろと舐めています。汗と涙でしょっぱかったのではないでしょうか。太郎は相当に疲れているようでした。

夜の公園で一緒に休みました。水を飲ませてやりました。太郎の顔を見つめると、その目が、「一緒に帰ろうよ」と言っています。どうやって一緒に帰ってきたか覚えていませんが、疲れている太郎を自転車の荷台に乗せてやりたかった。

家に帰ると真っ暗でしたが、台所のテーブルの上にご馳走がいっぱい並んでいました。太郎にも半分分けてあげました。おいしいか？　太郎、ありがとう！

太郎が家に来て8年が過ぎました。私も17歳になっていました。太郎は中年期から壮年期になりました。動きはだいぶ鈍くなりましたが、相変わらず良い味を出しています。そして、悲しいお別れの時が訪れます。

ある朝、突然近所の犬と一緒にいなくなってしまったのです。

悪い輩が犬をさらって売っているとの噂です。私は何日も太郎の帰ってくる日を待っていました。私は太郎が必ず帰ってくると思っていました。それまでも何回かいなくなったことがあり、そのときは血だらけで帰ってきたり、やせ細って帰ってきたことがありました。

私はずっと太郎が帰ってくるのを待っていました。しかし、太郎は帰ってこなかった。大きな犬小屋を壊すときは本当に悲しかった。愛犬・太郎は賑やかな下町の中で、私の少年期において、大きな存在であり、私の人間形成に大きな影響を与えたのでした。太郎、ありがとう！

愛犬物語　ロン

それは、私が19歳の高専4年生のときだったと思います。母が突然、「座敷犬を飼おうかなあ」と言い出しました。父と私は「？・？・？」。

今思うと、その頃、兄は外で暮らし始め、母は私も外へ出る気配を感じたらしく、その寂しさをカバーするために座敷犬を飼うことを考えたみたいです。

駅前にあるペットショップへ。いるわいるわ、可愛い子犬がいっぱいです。そんな中に際立ってかわいいマルチーズの子犬がいました。目と目が合いました。一発で一目惚れ！まだまだ小さいねずみのような雄の子犬です。

さっそく、名前を付けるための家族会議が始まりました。兄が突然「ロン！」と叫び、一同一発合意。実は、兄はその頃マージャンに凝っており、自身の願いもあって「ロン！」

と叫んだそうです。

座敷犬というのは人間と24時間一緒にいるため、自分が犬であることを忘れてしまうのでしょうか？　どうも、私のことを自分の兄弟のように思っているみたいなのです。ロンはいつも、母の枕元で寝ています。

高専5年生のとき、受験勉強もどきをはじめたのですが、ロンは、夜中、台所にある自分のトイレの帰り、必ず私の部屋に寄って顔色を窺い、すぐに帰っていきます。こっちが無視していると、顔を見るまで吠え続けます。うっせなあ～！

もっとひどいのは、飲みに行ったりして遅くなって、そ～っと玄関に入った瞬間、部屋から出てきて私だと分かっていながら、一通り吠えて自分の部屋へ帰っていきます。

おまえ性格悪いなあ～！　次の日、帰った時間がばれていて、母からこっぴどく怒られます。そのとき、ロンは必ずうれしそうに私を見ています。

さらにひどいのは、夜遅く帰ってきた時、ワンワン攻撃の後、暗い廊下を自分の部屋まで忍び足で歩いていると、何か生暖かいものが足の指の間からところてんのように。このやろ～！　わざとやったべえ～！

それでも、我々は仲良しです。

私が長岡の大学へ行く時、一番悲しんだのはロンでした。犬は利口ですよね。まもなくお別れが分かるんですよ。引っ越す前には、ほとんど私から離れなくなりました。

長岡へ行く朝、「じゃ！　ロン、さよなら！」ロンは泣いているんです。ういやつじゃ！ときどき帰ってくるからな。

夏冬ときどき実家に帰ると、その場でくるくる回って喜んでくれます。それでも、夜遅く帰ってくるとワンワン攻撃は止めません。旧友との夜の宴会が続き、ロンの告げ口で、さすがに母も怒って、「少しはロンを見習いなさい！」私「?.?.?.」

なんとなく納得してしまうのでした。母もロンも、完全にロンが犬ではなく人間だと思っている。

そして、私は大学を卒業して、長岡から帰ってきて、自動車会社に就職し、結婚しました。兄には子どもが生まれ、実家の近くに住むようになりました。

ロンはすっかり歳を取りました。目が見えなくなってきました。耳も聞こえない。ロンは母から離れようとしません。病院に見せたらもう老衰です。楽にしてあげたほうがよいと言われてしまいました。

最後のお別れの日、母は病院には行かず、家でお別れをしました。ロンの顔を最後まで見なかったそうです。病院で兄の手から離れる時、本当にきれいな目で兄の顔を見上げていたそうです。さよなら、ロン！

母はそのあとしばらく寝込んでしまいました。そして、今は天国で母とロンは一緒にいるのでしょう。そうそう、太郎も一緒かな？　愛犬・ロンは私の少年期から青年期に大きな存在であり、私の人間形成に大きく影響を与えたのでした。ロン、ありがとう！

愛猫物語　あぐり

先週の日曜日の午後、家内が車でやってきて日野の実家から大月に荷物運びとなりました。実家に山積みされている荷物を運び出す時、何やら半円の籠があります。

「What is this?」

「This is cat.」

「Mmmm ～」

５年前、獣医の妹の医院の前にキャベツのダンボール箱の中、２匹の子猫が捨てられておりました。妹はどうしてもそれをほうっておけなくて、自分の家にその子猫を連れてきました。すでに妹の家には、１匹の猫がいましたが、考えた末、子猫たちを育てることにしました。

さすが獣医、２匹の猫は健康で毛並みも良く、すくすくと育ちました。ここへきて、妹は引っ越しすることになりました。前からいた１匹は、引き続き妹の家にいることになりましたが、もう２匹のもらい手が必要になりました。やがて、１匹はもらい手が見つかりましたが、もう１匹が見つかりませんでした。

日野の実家にて。

「うちで引き取ろうかと……」

「だども、ペルが死んで、ネロが死んで、グンテが死んで……」

「大丈夫！　ター坊は健康に育てられたから」

「ター坊って誰やねん？」

「このネコちゃん、メスなんだけど、ター坊なんだって」

「変な名前」

「他のネコちゃんはケン坊とハー坊だって」

「……ウンチ、おしっこの問題もあるしなあ～」

「大丈夫。訓練されているから」

「………」

「籠の中、見てみぃ～」

「かわゆ～い～」

「でしょう～！」

「保留！　保留！　まずは引き取って近所で飼い主を探す！」

　途中のスーパー三和にて。

「我々のご飯よりも、ネコちゃんのご飯が大事！」

「あんれ～、一番かわいがってな～い？」

「保留！　保留！　まずは引き取って、近所で飼い主を探す！」

その日の夜、大月の家にて。

「しかし、このネコちゃん、三毛猫で器量いいなあ！」

「ター坊だよ」

「そのター坊って名前、止めない？」

……一同1時間考えました。

「まだ慣れてないけど、あぐらを組むとその中で気持ちよさそうに座っているね」

「そうだ！　名前はあぐりにしよう」一同一致。皆、単純です。

「あぐり、あぐり。それにしてもかわゆいなあ！」

「あんれ～一番かわいがってな～い？」家内、娘、くすくす笑います。

「保留！　保留！　まずは引き取って、近所で飼い主を探す！」

その次の日の朝5時、大月の家にて。

「あぐり、あぐり、おはようさん」とお父さん。

お父さんのコメント。

「あぐりは借りて来た猫のように超おとなしいです。やっぱ育ちの良いお嬢さま猫ちゃんなのでしょうか？」

「わたしは猫である、名前は昨日からあぐりです。保留はいつまで続くのでしょうか？

それまで静かにしていようかしら」

6年後、あぐりは2017年6月7日2時30分、妹の動物病院で眠りながら亡くなりました。腎臓病。

妹にその時の写真を見せてもらいましたが、その顔はとても幸せそうに笑っていました。妹はその顔から、あぐりは折乃笠家に来て、本当に幸せだった、と言ってくれました。

私、その言葉を聞いて、写真を見て、心の奥深いところで涙しました。あぐりは、6年間私から片時も離れませんでした。特に、私がつらいとき、悲しいときは本当に慰めてくれました。私が癇癪を起こして八つ当たりをしても、黙って我慢してくれたのです。ありがとう、あぐり。

天国では、ペルやネロやグンテのことをよろしくお願いします。

3　折乃笠部長の素顔

山梨に住んでます

山梨自慢

駅のポスターもすっかり春。桜、桃の花がとてもきれいです。

「週末は山梨にいます」このフレーズはＪＲ東日本が山梨の観光キャンペーンに使っている有名なフレーズです。山梨県の駅はどこもこのフレーズの旗だらけです。日野駅のホームの真ん中にあるボードに大きく、５枚のポスターが貼ってあります。そのポスターを私はとても気に入っています。

山梨は有名な山々、富士山、八ヶ岳、南アルプスを有し、たくさんの温泉があります。昇仙峡の紅葉は日本でもベストテンに入るほどの美しさです。それから、国宝級の歴史的寺院がたくさんあり、歴史探訪を楽しめます。また、果物大国でぶどう、桃は全国生産量1位、さくらんぼも有名です。春、桃の花が一面に咲き、桃源郷としてみごとなピンク一色の世界をかもしだします。食べものは何と言ってもほうとう。土地土地の味があり、飽きることがありません。お酒は何と言ってもワイン。今ではワイン王国フランスに輸出するまでに有名になりました。

皆さん、ぜひ週末は山梨へ。ワインを飲んでいただくために電車またはお酒を飲まない運転手同伴をお勧め致します。なお、私はＪＲ東日本や山梨県観光協会のまわし者ではございません。

山梨と言えば富士山と富士五湖です。富士山が一番美しく見られるところってどこだか知っていますか？　実は大月にある雁ガ腹摺山（がんがはらすりやま）の山頂と言われています。一世代前の五百円札の絵図にも採用されています。雁ガ腹摺山は私の家から比較的近くで、2回ほど登っていますが、なるほど富士山がとても美しかった（地元山岳クラブを結成していました。浅利ピッケルズ！　おいらは代表。山はそこそこで温泉と宴会中心。現在忙しくて活動停止中）。足は大月駅から近くまでバスが出ています（本数少）。帰りは駅前の郷土料理屋でおつけだんごとほうとう御膳とビールをどうぞ（郷土料理屋は家内がパートをしてまして、私はまわし者です）！

次に富士五湖のお勧めです。山中湖はのんびりと湖畔の散歩をお勧めします。湖畔にはしゃれた洋食屋さんが多くあり、コトコト煮込まれたビーフシチューや手造りソーセージ、ハムを食べながらワインが飲めます。湖を見ながらゆっくりどうぞ。

河口湖の周りにはたくさんのホテルや旅館があり、飛び込みで温泉に入れます。湖を見ながら露天風呂。最高ですよ。また、たくさんの博物館、美術館や劇場があります。料理はハーブ料理ですかね。

西湖は青木ヶ原樹海の中にある静かな湖です。お勧めは近くにある鳴沢氷穴、国の天然記念物に指定されています。湖ではカヌーに乗れます。

精進湖、本栖湖はとても静かな所です。ボ〜ッと湖を見つめる時間をお勧めします。そこにワインがあれば最高ですね。

いずれも富士急富士山駅、または河口湖駅からバスが出ていますので、のんびりバスの旅をお楽しみください。

山梨はフルーツ大国です。一番はなんと言ってもぶどう。ＪＲ勝沼ぶどう郷駅からどうぞ。街が全てぶどうです。ぶどう園が１００以上あります。

お勧めのぶどう園での過ごし方。

中に入ると試食の各種ぶどうが出てきます。

・イタリア産レディースフィンガー……緑
・アメリカ産レッドグローブ……赤紫色
・ロシア産バラディ……黄緑
・日本産ゴールドフィンガー……真緑
・日本産マスカットビオレ……赤紫色
・日本産巨峰……黒紫色

・日本産甲州……緑＆赤紫色
見た目と味を十分楽しめます。ここで気に入ったぶどうをおみやげに買ってください。ぶどう狩りのぶどうは高い割には美味しくないので、ほんの少しにしておいたほうがよいでしょう。大きなぶどう園ではぶどう棚の下でバーベキューやほうとう鍋と手作りワインやぶどうジュースが楽しめます。

もう一つのお勧めは、山梨市駅からバスで行く笛吹川フルーツ公園です。くだもの館やトロピカル温室などで、くだものの種類や歴史などが勉強できます。

また、いろいろなくだものの試食ができ、各種くだもののアイスクリームは絶品です。小高い山の上にあり、甲府盆地の夜景は日本でも有数と言われています。ワインを飲みながら夜景を見ましょうか！

ワインの話をします。勝沼、塩山、山梨市、石和温泉、一宮、甲府一円にはたくさんのワイナリーがあります。大きい所では、サントネージュワイン山梨ワイナリー、サントリー山梨ワイナリー、メルシャン勝沼ワイナリー、サッポロワイン勝沼ワイナリー、雪印ベルフォーレワイナリーなどがあげられます。ワインの種類も多く、本格的なテイスティングルームがあって、おしゃれな雰囲気の中でワインを楽しめます。また、フランス料理を食べさせるレストランもあり、リッチな気分にもなれますよ。

小さい所では、モンデ酒造（石和）、白百合醸造、中央葡萄酒、まるき葡萄酒（以上勝沼）、気山洋酒工業（塩山）などです。これらは、どこも個性的なワイナリーで醸造スタッフと直接話せたり、オリジナルラベルを作ったり、家族的な雰囲気が楽しめます。

私のお勧めは勝沼ぶどうの丘公園の中にあるワインカーヴです。地域推薦のワインが200種類ぐらいあり、タートヴァン（きき酒杯）を買って地下へ。あるわ、あるわ、ワインだらけ！　きっと、ワイン通でなくてもワクワクしてしまいます。

ここでの注意は最初からなみなみ注いで飲んでしまうと全部飲めなくなる。まず、一周目は少しずつ飲む。そこでお気に入りをチョイスして2周目はなみなみと。

私は新酒のロゼが好きで、最後はそこで腰を落ち着けて飲んでいます（腰が抜けそうなときもあるかな）。いつも試飲で飽きるほど飲んでしまうので、買ってきたことがありません。最低でも1時間。「お父さんは地下へ潜ると帰ってこない」といつも家族からブーイングです。

子どもには「これでお土産でも買って待ってて」と、おこづかいを渡すので、結構高いワイン試飲になってしまいますが……。それでも3カ月に1回くらいは行きますね。

ワイン好きの方も、そうでない方もぜひ行ってみてください。温泉、ジンギスカン鍋、レストラン他があって一日楽しめます。勝沼ぶどう郷駅から歩きか送迎バスが出ています。

山梨で、私の一番のお勧めを紹介致します。それは桃の花です。

4月の中旬頃、一宮・御坂界隈は桃の花一色になります。桃源郷と呼ばれ、鮮やかなピンクの絨毯を敷き詰めたようです。思わず「わ～っ」と叫んでしまいます。本当にきれい、すばらしい！　この季節、私は毎年見に行きます。電車ですと、勝沼ぶどう郷駅または石和温泉駅からバス、またはタクシー。車（ここは車のほうがよい）ですと、中央高速勝沼インター下車で国道20号かを甲府方面へ。釈迦堂遺跡の標識が見えたら左折。あとはピンクの絨毯に向かって走るのみです。

ここには、みさか桃源郷公園、露天風呂から桃畑が見渡せる、ももの里温泉があります。ぜひいらしてください。

我が町大月　折乃笠将来構想

大月市に対し、折乃笠が思う将来構想について、大胆に述べたいと思います。市長になった気で語っていきましょう！

山梨県では市町村合併で、新しい市、南アルプス市、甲斐市、笛吹市、甲州市、上野原市などができており、また従来の市（甲府市が上九一色村と、山梨市が春日居町と）が町村を合併して大きくなっています。

大月は一時期山梨県第三の市と言われていましたが、人口、産業、市制予算などで他市から押され気味です。以上のことにより、南西の隣の市である都留市と合併致します（折乃笠の案です）。

都留市は富士急行線沿いの市で、中小企業が多く、大月に比べて財政が豊かです。教育の面でも県立都留文科大学があり、学園都市でもあります。また、都留市博物館・ミュージアム都留や増田誠美術館などの文化施設を有しています。山梨リニアモーターカー実験線があり、県立リニア見学センターがあり、鉄道関係では世界的に有名な場所です。

さて、合併後の市名ですが、富士山の眺めが日本一ということで、「富士美市」としましょう。さて「富士美市」の重点課題は産業強化、教育強化、観光強化です。特に共通項として交通の強化を実施致します。鉄道では富士急行線の山中湖、さらには御殿場までの延長と複線化を実施致します。新宿から山中湖、御殿場、富士までの直通の山岳宴会特急を新設します。また、東京までの直通通勤電車の増設、10両化（現在4両）により輸送力アップ、通勤急行の新設（「富士美市」内の駅以降は八王子、立川、新宿、四ツ谷、御茶ノ水停車）による通勤時間短縮を実施します。

以上により「富士美市」は完全首都圏通勤圏内として人口増加を図るのです。

産業では大企業の工場誘致を実施、自動車会社の移転も視野に入れます。また、水が豊富できれいであることから、精密産業を誘致し、第2の諏訪とします。NEC大月工場を中心に新シリコンバレーを誘致し、IT産業の新中心地と致します。

教育では新国立大学の誘致、山梨大学にない政治経済学部、文学部、農学部、薬学部、歯学部、国際関連学部などを有する「富士美大学」を開学致します。特に、各国からの留学生を受け入れ、将来的には国際文化都市を目指します。

観光では富士山眺望、温泉、山の幸・川の幸を生かして、富士急行線沿線に一大レジャーランドを新設します。また、資金繰りで困っているヴァンフォーレ甲府を買収、「ヴァンフォーレ富士美」としてJ1リーグ優勝を目指します。

NHK大河ドラマ「大月岩殿城城主小山田信茂」をバックアップ、一躍「富士美市」を日本中に、いや世界に紹介致します。大月市出身の三遊亭小遊三を日本落語協会の会長とし、地方としては初めての寄席を設置致します。さらには甲府市が手狭になった分の県政施設や県立博物館、県立病院の移設を実施します。

以上、将来的には甲府に代わる県庁所在地として山梨一番の都市を目指します。ということで将来の大月がとても楽しみです。

私、市長立候補時にはぜひ、バックアップをお願い致します（笑）。

皆さん！　山梨・大月に遊びに来てください。

折乃笠暮らしの手帳

私の現在の生活は、平日は日野の実家のアパート1階に次男と暮らし、2階には長男がおり、週末は大月の家で家内と長女と暮らしています（この生活は1年続きます）。長男と次男も時々大月に帰ってきます。普段、長男は隣の実家の義父さんのお相手係、私は晩酌係、家内も1週間に一度は必ずやってきてお給仕係。3拠点でメリハリをつけて、ワーク・ライフ・バランスを心がけています。一言で言うと平日は会社の近くで戦闘モード、休日は田舎で山と緑とおいしい食べ物で休養モードですかね。

現在の私の戦闘モードは、会社での仕事とアパートでの家事があります。ほんと、家事ってたいへんなのよねぇ。

掃除、洗濯、アイロンがけ、お買い物、多々。私、20歳の高専卒業までは両親と暮らし、大学時代は2年間寮生活、そのあと2年間アパート生活、そしてまた会社で寮生活、そのあと結婚と。今まで、メインで家事をしていたのは大学時代の2年間のみ。その時の家事（?）はしっかりやっていましたが、実験などでほとんど学校にいたということもあって、今回が初めてみたいなものです。

結婚したって家事はやるでしょ？　ま～あ、その～。担当がお風呂掃除と便所掃除と庭掃除でして……。ま〜あ、その〜。ワーク・ライフ・バランスのワークを重視していたもんで……。

ワーク・ライフ・バランス（Work life balance）、「仕事と生活の調和」。ここへ来てもう一度、それを見直すよい機会があり、改めてライフについてワイフに感謝する次第であります（うまい！　山田くん、座布団2枚持ってきて）。

そこで約2カ月で得た私の「暮らしの手帳」を紹介致します。ちょっとオーバーですね。

まず、食べ物の保存についてです。先日、すごい発見を致しました。卵の保存です。家内がスーパーで卵を1パック買って来てくれました。そこで私、半分をゆで卵にして、半分は生卵のままで、両者を冷蔵庫へ。1週間後、次男がほとんど食べてしまいましたが、残った卵は、ゆで卵一つと生卵一つ。そこで、私、残った生卵をゆで卵にしました。ここで、1週間前にゆで卵にしたものをA卵、今回ゆで卵にしたものをB卵としましょう。

【外観検査】

殻をかぶった状態の外観は色、つやとも同じ。殻を剝いてみましょう。B卵はきれいな白。おっと！　A卵は黄ばんでいます。明らかに色が異なります。

【味覚検査】

勇気を出してA卵から食してみます。半分くらい、がぶっと。んっ！　何かちょっと異様な味が……。やばい！　検査中止。半分はゴミ箱へ。口の中の半分はどうする？　もったいないから食べちゃった！

私、腹が過敏なため、そのあと電気機関車の汽笛が心配（ピッピー！）。B卵は、おいしいですねぇ〜。半生の黄身が最高です。

【検査まとめ】

同じパックの卵でも、生卵状態とゆで卵状態での保存には明らかに優位差がある。生卵状態の保存のほうが長持ちする。

【原因】

生卵が長持ちするのは、卵が生きているから。卵の殻には「気孔」というたくさんの小さな穴があり、この気孔から卵は呼吸しているため。

【保存方法へフィードバック】

スーパーなどで販売している卵の賞味期限（生で食べられる期間）はだいたい14日間。ただし、冷蔵庫での保存が必要。

ゆで卵や他の加熱調理後の場合、速やかに食することが大事である。長期保存はNGである。

皆さん、勉強になりましたか？　食べ物の保存は、単に冷蔵庫に入れればよいというものではなくて、その特性をよく把握した上で実行することが大事です。「暮らし」をしていくと、いろいろ知恵がつきますね。

次は洗濯についてです。今の若者ってきれい好きっていうか、においに敏感っていうか、一日着る（含むズボン）とすぐに洗濯したがるのですね（次男）。ですから、私、洗濯物をためるのがいやなので（B型なのでキチョーメン？）ほとんど毎日夜に、洗濯をしています。

長男が最新式の全自動洗濯機を買ったので、月3000円の使用料を払って使わせてもらっています。1時間待てば洗濯が終わってしまうため、その間、他の家事やジョギングなどまとまった時間が過ごせるので、洗濯はあまり苦にはなりません。問題は乾燥です。私、会社で時々外を見て気分転換をしていますが、実はその時、天気、気温、湿度を感知して、洗濯物の乾き具合を考えているのです。特に洗濯物を外に出してきたときは、突然の雨が気がかりです。

雨が続くと、部屋の中で洗濯物を乾かさなければなりません。悩みの種が生乾きのにおい。普段、一日中部屋にいないため、夜部屋に帰ると結構すごいっすよ。すっぺい〜！　酢のもの好きの私も閉口です。

解決策としては部屋干し用の洗剤を使用することです。コンビニでも売っていますし、値段もそんなに高くありません。効果てきめんです。すっぺい〜でお悩みの方、ぜひお使いください。

さて、次の課題は、汚れの落ち方です。私が洗濯したパンツと家内が洗濯したパンツの白さぐあいが明らかに違うのです。

人・物・金で比較すると、
物　明らかに大月の洗濯機は旧式であり、家内の条件のほうが劣ります。ただし、1回の洗濯物の量、私の場合無理してでも全部入れてしまいます。

金　洗剤の比較が必要です。現代の洗剤は化学反応で汚れを分解していきますので、やはり高化学成分配合の洗剤が有利であり、たぶんコストも高いはずです。

人　洗濯をするときの気持ちの持ちようが肝心か？「パンツさん、きれいになって帰ってきてね。ウフ」くらいの気持ちが必要なのかもしれませんね（笑）。

汚れの落ち方課題については、まだまだQC手法（品質管理手法）が必要です。結果は、改めて報告させていただきます。

ほんと、「暮らし」をしていくためには、いろいろな知恵が必要ですね。

アイロンがけについてです。アイロンがけ？　ただアイロンをかけるだけでしょ！　チ・チ・チッ！　とんでも8分、歩いて15分。奥がとても深いのです。

まず道具、大切なのはアイロン本体ではなくアイロン台。これは良質なものを選ぶべきです。アイロンは熱い温度を一定にキープできていれば何でもよい。アイロン台は、大きさと表面の硬度が重要です。大きさはワイシャツを広げて全体が乗るくらいがよいです。表面はアイロンに少し力を入れると凹むぐらいがよいです。

次に被アイロン物の湿気。ワイシャツの場合、少し生乾きがよいです。スチーム効果があり、きれいにしわが伸びていきます。ただし、このとき、部屋干し用の洗剤を使っていないとすっぺい～因子が温度変化を起こし、においで気持ち悪くなりますので注意。

もう一つ大事なのは、アイロンをかける前にアイロン台の上での被アイロン物のしわの伸ばし方です。ワイシャツの場合、前側と後ろ側を重ねてアイロンをかけることになりますが、アイロンをかける前側もそうですが、ここで後ろ側をきちんとしわを伸ばしておかないと後ですじが付いてしまい、たいへんなことになります。アイロン実施前にしっかりと全体を調整する必要があります。アイロン作業は集中作業です。あまり被アイロン物が多いと、飽きてしまい、集中できなくなります。ワイシャツでしたら、4枚までが限度でしょう。

最後に注意。アイロン作業が終わったらアイロンをどこか手の届かないところに置いておきましょう。冷えるのに結構時間がかかります。

間違って触ってしまうと、目玉が飛び出すくらい熱くてびっくりしてしまいますので注意。

最後に、アイロンがけをして分かったこと。ファストファッション店製の低コストとスーツ量販店製の中コストのワイシャツの構造の違い。材質は当然違うのですが、半袖の袖の結合部分が異なります。

ファストファッション店製はアイロン台に載せると本体の面に対し袖部がねじれており、一気にアイロンがかけられません。一方、スーツ量販店製は面が同一で一気にアイロンがかけられます。

ファストファッション店製は部材単品はできるだけ単純な形にしてコストダウンを狙い、ミシンで縫合する時に3次元的にひねって最終的なワイシャツの形を作り出している。スーツ量販店製は部材単品の時からワイシャツの形状を見込んでちょっと複雑な形状とし、ミシンで縫合する時は比較的簡単にしている。結果、どちらの見栄えが良いかは、皆さんの観察にお任せします。

部屋の温度管理についてです。部屋の温度管理は、快適に暮らしていく上で重要であり、私たちの健康を左右致します。

また、食べ物の保存、洗濯物の乾き具合、アイロンがけにも大きく影響致します。暑い季節の温度管理はやはりエアコンですが、電気の使い過ぎによる電気代もすごく気になるところです。時と場合で使い分ける必要があります。

朝一番は外の空気が一番。さわやかです。思いっきり深呼吸すると気持ちがよいです。昼間の暑いときはやはりエアコン使用です。風はスイングにすると部屋の空気が拡散されて効果的です。

ただし、エアコン温度ダウンはコストアップに繋がりますから、薄着と人力団扇を併用する必要があります。あまりに暑いときは水シャワーが効果的です。また、水分を取り過ぎるとかえって暑くなるため注意です。風呂に入るときは前もってエアコン最大で部屋を冷やしておくと、風呂上がりにすぐ汗がひいて非常に気持ちがよいです。このくらいの贅沢は自分に許してあげましょう。

寝るときのエアコン使用は安眠のため必要ですが、少し暑いぐらいにしないと次の日のどが痛かったり、風邪を引いたりしてしまいます。タイマーで切る手もありますが、急に暑くなって起きてしまう場合があるのでお勧めは致しません。

皆さん、快適に健康的に暮らすために部屋の温度管理はしっかり行ってくださいね。

さて、「暮らしの手帳」と称して、日頃の暮らしを通して分かったことやこれからの課題について語ってきました。会社で一生懸命仕事をすることも大事ですし、家に帰ってから日頃の暮らしを楽しむことも大事です。

ワーク・ライフ・バランス「仕事と生活の調和」、何事も前向きに楽しく考えることが大切です。

秋を感じる～色、風、音

皆さんは秋の色は何色だと思いますか？　そうですねえ。私は「茶色」だと思います。確かに紅葉は真っ赤や真黄色というイメージがありますが、秋のイメージはそんな原色ではなく、こう、もうちょっと落ち着いた色のイメージですね。

我が家の周りの山々もすっかり茶色です。また、身近の柿や栗や桜の木の葉っぱも茶色です。茶色ってとても深い色だと思いませんか？

暗いというイメージではなく、思い深く、思慮深く、しっかりと物事を考えたくなる色です。あたたかさも感じます。茶色というと昔の客車の色。秋、遠く東北の山々を越えていく。とても絵になる光景です。皆さんは、秋の色、というと、何色を感じますか？

秋の風。どんなイメージですか？　そうですねえ。北風の寒い、もうすぐ冬かなというイメージと南風のあたたかな、まだ夏かなというイメージと、両方ですね。

風って強弱、温度、ふいてくる方向によって、ほんとうにイメージが異なりますよね。

秋の風によって着る物が変わる。おもしろいのは季節の変わり目。周りの人たちの着ている物が全然違う。ある人は半袖ポロシャツ1枚なのに、もうコートに襟巻きをしている人がいる。毛糸の帽子をかぶっている人までいる。また、冬物のスーツを着ている人もいれば、半袖のワイシャツの人もいる。

その日に着る物は、その時の風で決める。なんかとてもおしゃれで生活をエンジョイしている感じがしますね。秋の風は演出者です。

秋の音といえば、どんなイメージですか？　鈴虫の音、風の音？　私は、何かシ〜ンとした無の音をイメージします。

秋って夏から冬へ移る、ある意味では明から暗への移行期間です。例えば、お寺の境内で、ただじっとしているとシ〜ンという音が聞こえてきますよね。

物寂しいのではない、何もないのでもない、無という音が聞こえてくる感じです。

秋って春夏秋冬の中で、とても不思議な季節だと思います。私、今一番したいことは静かなお寺で一日じっとしている時間を持ちたい。何も考えず、ただ秋の音を聞いていることです。

四方山話

台風9号事件

大きな勢力でゆっくり進んだ台風9号は日本列島上陸。全国に多大な被害をもたらしました。実は私もその被害に遭った1人です。その様子をドキュメントで報告致します。

9月6日（木）5時55分起床、天気予報を見る。今夜やばそうだな。まっいいか！　何とかなるべ！　15時、空を見上げ、やばそうだ！　電車が止まる。早く帰らねば。まずい、夕方2つも会議がある。17時30分、2つ目のH副社長の会議は台風のため延期となった。ほっ！　残るはI専務会議だ。17時35分、1つ目のI専務会議開始。予想通り、厳しい状況。へとへと。外は風が強くなってきた。

19時10分、会議終了。よれよれ。今日は絶対に家に帰りたい！　帰って、風呂入って、酒飲んで、月刊誌『鉄道ファン』読んでストレス解消せねば……。

19時50分高尾駅。相当な雨と風。大月方面下りの案内なし。待つこと30分。「本日大月方面の列車は全て運休します」ガ～ン！　もっと早く言ってよ～！

20時、さてどうする？　どうする？　どうする？　肉体的・精神的大疲労状態。日野の家内の実家に泊めてもらうか？　今、義父さんの体が調子悪いのでまずい。会社に帰るか？

それだけはしたくない。死んでしまう。ん～⁉　とにかく家内の携帯に電話してみるか？

「もしもし、今どこにいる？」

「四方津だよ。近所の叔母さんが四方津で電車が運転打ち切られて迎えに来た」助かった！

「雨、風の状況が大丈夫そうならば高尾に迎えに来てもらいたい」

「いいよ」

21時、やっぱ無理かな？　21時25分、携帯が鳴る。「迎えに来たよ。どこにいる？」ありがてえ～‼　涙ぐむ（涙が出るほどの感動を！）。

21時30分、よし！　台風が来る前に帰ろう！　中央高速がまだ通れるはずだ。

22時、中央高速八王子入り口。中央道大月方面通行止め。ガ～ン！　まだまだ諦めるな！　道はある。国道20号線大垂水峠越えがある。

22時20分、高尾山口の電光掲示板。大垂水峠降水量１５０ミリ／時間で閉鎖。現在93ミリ。よっしゃ！

23時、大垂水峠入り口で渋滞。何とか大垂水のゲートを通過しないと、まもなく閉鎖されてしまう。現在降水量１４０ミリ。やばい。

23時30分、大垂水峠何とか通過。いよいよ暴風雨。なんとか帰れるぞ。冷たいビールと空豆が呼んでいる。

23時35分、渋滞。相模湖。電光掲示板四方津方面通行止め。ガガガ～ン‼　悪夢です。

戻るか？　大垂水峠通行止め。ガガガガ～ンン！！！　よし相模湖インターだ。中央高速通行止め。ガガガガ～ンン！！！！……

9月7日（金）朝10時、国道20号線。10時間渋滞。地獄です。ウトウトとすると走り出す。眠れず。まだ相模湖です。

10時25分、近所の知り合いから携帯電話。「道志道が開通した。都留経由で帰還せよ」

12時15分、大月の家到着。疲れたビー。ママさん、叔母さんご苦労さま！　ごめんね、やっぱり高尾に来てもらうべきではなかった。この時点でJR中央線不通。開通は本日未明。国道20号線四方津付近通行止め。復旧の見通しなし。中央高速、細々ながら開通した。

13時、（気合だ～！）と思いながらウトウト。会社は明日朝から行きます。少し寝かせてね。

今回の問題点は台風の中、車で県境を強行突破。無謀すぎた。

再発防止。台風、雪などで電車が止まりそうなときは、着替えを持って会社の寮に泊まる。またはできるだけ早く帰ること。

皆さんも注意しましょう！　車の中での10時間の監禁はつらいです。

お風呂大好き

朝夜の甲州大月は氷点下の世界。道路凍ってます、窓ガラス凍ってます、冷蔵庫の中のほうがあったかいで～す。会社の帰りの大月駅から家まで徒歩18分。これはこれはしばれる！　体の芯まで冷えきってしまいます。

そんなときの熱いお風呂。最高！　身も心も温まってリラックスします。

実は私、お風呂大好きなんです。日曜の夕方はお風呂タイム。5時から7時まで2時間はお風呂でリラックス、リラックス。

こだわりは入浴剤。日本の温泉をイメージしたシリーズ。今日は草津、湯布院、白骨などなど、その時の気分で選びます。

湯船には4回入ります。1回目はぬるめにして30分。2回目、3回目は熱っつくして10分。4回目は普通に15分。

その時は雑誌を読んだり考え事をしたり。外が明るいときは窓を開けて前の山を眺めたり。湯船から上がっての合間の時間。汗を噴出しながらぼけ～っとしています。お風呂は体の新陳代謝を促し、血行を良くして、心身共にリラックスするもの。私も汗を大量にかくことにより体内の老廃物やアルコール（アセトアルデヒド）を排出し、体を内面から清浄します。

熱い風呂で時間まで我慢する忍耐力をつけます。雑誌を読んで、その内容についてじっくり考えます。最も有効なのはボケ～ッとする時間。わざと何も考えないようにする。

これって結構難しいんですよね。完全にスイッチＯＦＦの時間です。この時間が私にとって最も大切な時間です。

仕上げはお風呂から上がってのギンギンに冷えているビール！　うまいんだな。これが！　ちょっと、いやなのがテレビでサザエさんのラストソングを歌っていること（サザエさん症候群）。しっかり最後のじゃんけんはやっていますが。日曜日のお風呂タイム、私の元気の素です。皆さん。お風呂は好きですか？

星に願いを

寒いのは嫌だなと思う反面、実は寒ければ寒いほど夜空の星がきれいなんです。会社の帰りの大月駅から家までの徒歩18分。夜空を見上げながら帰ります。それはそれはきれいですよ。北極星、北斗七星、冬の大三角形（全然詳しくありませんが……）。特に1等星、2等星、3等星の光のコントラストがすばらしい。

星にも微妙に色があるのを知っていますか？　白、黄色、赤、紫、緑……夜空の星。嫌なことがあったときは心までしみわたります。何でこんなことで悩んでいるんだ、星を見よ、宇宙を知れ、小さい、小さい！　そうだ、勇気を持て！

♪強いぞ、ぼくらの仲間、赤銅鈴之助♪（家に着くとまた元に戻っていることが常ですが……）。

星に願いを！　皆さんも夜空を見上げてください。きっと良いことがありますよ。

土で癒される

実は私、土いじりが好きなんです。園芸です。私の家は道沿いに駐車場があり、建屋があり、裏に猫の額ほどの庭があります。そこにはレンガを400個積んだ花壇が5つあります（14年前、連休全日を使って施工しました。大変な労力と精神力により、その後2日寝込んだ）。

第1花壇は小花系。第2花壇は椿、ツツジ、アジサイ、ツゲ。第3花壇は？？？　何かはえてきている。第4花壇は完全に枯れ木、雑草のゴミ置き場。第5花壇はもともと砂場だったのですが、子どもたちが大きくなって、今では猫の排泄場になりました。そのため、現在球根系を植えています。

昔は結構まめに庭いじり、土いじりをしていて、人さまからきれいな庭だと褒められていたのですが、現在ではジャングル化してしまい、とてもとても……。

そんなこともあり、今年のテーマの一つは園芸。もう一度原点に戻って頑張ります。

園芸の原点は土。花や木の育ちは土で決まります。肥料の種類、与える時期などなど。もう一つは殺菌。定期的に土をかき回して日に当てることが大切です。土は正直ですよ。

色、水分、つや、においで生きの良さが分かるような気がします。

土いじり。土で癒される。なぜかほっとする。先祖が農耕民族だからでしょうか？　土から生まれて土へ還る。人間の原点なのでしょうかね？

お酒、ここだけの話

近所の富士山は真っ白になりました。いよいよ熱燗の季節！　楽しみだなあ！　というわけで、〝お酒〟について語ろうと思います。

Q　お酒は飲んでいますか？

A　ハ～イ！　毎日飲んでま～す。

Q　ところで何歳から飲んでますか？

A　ここだけの話、16歳からデス。友達と京都へ行く時、夜汽車の中で飲み始め、癖になりました。

Q　お酒は何が好きですか？

A　全部好きで～す。ビール、ワイン、焼酎、日本酒、ウイスキー、梅酒、カクテル、白酒……。

Q　いつ飲みますか？

A　①夜、寝る前（夜中の2時～2時半頃）焼酎をコップ1杯ストレートで。1日の反省と明日への活力。ストレス解消になりま~す。

②帰りが終電（日野0時17分↓大月1時10分）になるときは、会社近くのコンビニでウイスキー水割り缶、または酎缶を買って歩きながら飲みま~す。頑張った自分へのご褒美で~す。

③懇親会、懇談会、宴会、飲み会、反省会……。皆でワイワイ和気あいあいで飲むお酒は最高で~す。

④2次会、3次会、そのときによる。カラオケ、ガンガン！　/スナックのカウンターで1人飲む/お店のお姉さんとお話ししながら飲む。

Q　お酒はあなたにとっては？

A　①人生を豊かにするもの。②人とのコミュニケーションの潤滑材。③一番のストレス解消。④食事を美味しくさせる。⑤相手と1回飲めば友達になれる。

Q　お酒のマイナス面は？

A　①飲み過ぎで二日酔い。②記憶をなくして失敗。③気が大きくなって、気がつくと財布の中身が寂しくなっている。

Q　これから心がけることは？

A　お酒は楽しく愉快に！　お酒に逃げない！　健康第一、飲み過ぎない！

Q　皆さんに一言？

A　一緒に飲んで笑顔で行こう‼

極めつけ、失敗編です。ここだけの話にしてくださいね。また、他山の石。ご注意を！　真冬に八王子で飲み会がありました。最終電車で帰ろっと。12時20分。ん〜。その次にシュプール号白馬行？　これのほうが早く帰れるに違いない！

おいら「もしもし、大月1時10分着。駅まで車で迎えに来てね」

奥さん「OK」

皆スキー持ってどこ行くのっと？（1人ネクタイ姿の酔っ払い）……ちょっと寝るかなっと。……

「甲府〜甲府〜」ん〜〜？　やばっ！　降りねば！　ここはどこ？　私はだあれ？

ラッキー！　上りのシュプール号新宿行きがいるではあ〜りませんか！　ダッシュ！

気持ち悪！……。

おいら「もしもし、大月3時15分着。迎えに来てね」

奥さん「どこにいるの？　さっきの電車、誰も降りてこなかったよ」

おいら「わりい〜わりい〜乗り過ごした」

奥さん「分かった。しょうがないなあ」

……今度は寝ないようにしよっと。……皆、異様な目でおいらを見ているような⁉……

「新宿〜新宿〜」

さすがにもう一度迎えに来てくれとは言えず……。家にたどり着いたのは朝7時。そ〜っとそ〜っと。家族の皆は寝たフリをしていてくれました（あとで知った話）。その後、再発防止の効果はなく、石和温泉、塩山、笹子、初狩を訪れています。


若かりし頃、社内レクリーダー（レクリエーションリーダー）を天職のごとくやっていました。その頃は部内旅行も活発で毎年、1泊で盛大に実施されていました。当時、私は兼任で部内の幹事長もやっていました。毎回バス旅行ですが、皆さん、バスの中で飲むお酒の量が半端ではない！　出発する前から飲んでおり、出発する頃にはもうできあがっていて、守衛さんに絡んでいる人がいる。中央高速八王子インターに入る前にトイレと叫ぶ人がいる。それはそれは楽しい光景です。さすがに幹事長、酔っ払うわけにはいかず自粛、自粛。

今回のコースは浅草→川崎→フェリー→木更津→行川アイランド泊の大旅行です。何とか夜の大宴会も無事終わり、次の日皆さん二日酔いの中、帰途に着くことに。帰りの木更津→フェリー→川崎のフェリーの中。飲み友達が日本酒1升持ってやってきて、「幹事長ご苦労さま、もう大丈夫でしょう！　まあ1杯、1杯！」「ちょっとだけよ〜。あんたも好きねえ～」
……幹事の女性「幹事長！　そろそろ川崎ですよ」
「ほげえ～なんだ～ベロベロ！」まずい！　2人で1升飲みきっている！……バスの中、そろそろ立川。
「それでは、幹事長の最後のご挨拶です」
おいら「ほ・ほ・ほんじ～つ～なんだかねえ～……」
皆　「？？？」
おいら「ぶな～りょこ～も、てなもんでえ～……」
皆　「ろれつが回ってない！！！」
おいら「んが～てばさ～……」
皆　「退場～！」
その後、会社着。R次長の車に乗せられ、八王子のアパートに強制送還。次の日、R次長カンカン！「新任のO部長に謝りに行け！」
おいら「O部長。昨日は挨拶ができず申しわけありませんでした」
O部長「ご苦労さん！　俺も年中失敗しているよ」
この時のことは今でも忘れません。おいらもこんな部長になりたいなと思ったことを！

酔っ払っての次の日、着ているもので、その時の酔っ払い度が分かると思いませんか？

もちろんその時の記憶はありません。

パターン1、スーツ、ネクタイ、ズボン、靴下を履いたまま朝まで爆睡。二日酔い超重症。

パターン2、なぜかズボンは脱いでいる。ワイシャツは着たまま、靴下も脱いでいる。二日酔い重症。

パターン3、きちっとパジャマは着ている。洋服もちゃんとハンガーにかけてある。が、記憶はない。それでも、二日酔いはひどい。

まだまだ爆笑失敗談はありますが、またの機会に。皆さん、これからもお酒は楽しく飲みましょうね。酔い週末を！　あっ、間違えた！　良い週末を！

ホスピタリティ、本当の感謝

本当の思いやり、それに対する感謝。とても感動する話です。

「長年、チェルノブイリ原発事故の放射能の汚染地域の支援活動を続けています。難治性の白血病の子どもたち11人に骨髄移植をして、10人助かりましたが、アンドレくんという少年は助けることができませんでした。

私たちは日本で、訪問看護で看ていた患者さんが亡くなるとお悔やみ訪問をしています。同じようにその少年の家を訪ねました。お母さんが、『大切な息子を失ったけど、感謝している人がいるんです』と私に話してくれました。それは、日本から来た若い看護師さんのことでした。

アンドレくんは移植の後、敗血症になり食欲がなくなりましたが、日本の看護師さんの『何が食べたい』の問いに、『パイナップル』と答えたそうです。経済が崩壊した国で輸入品のパイナップルなどどこにも売っていません。それでもその看護師さんはマイナス20度の雪の町を一軒一軒探し歩きました。

パイナップルはありません。しかし、それが町の噂になり、パイナップルの缶詰を大事に持っていた人が、彼女の行動に感激したと言って病院まで届けに来てくれたそうです。まごころを持って行動すれば、言葉の違いも文化の違いも超えて、人は共感し合えます。このお母さんの言葉には感動しました。『子どもは助からなかったけれど、日本の看護師さんのことは絶対に忘れない』」

（鎌田實『超ホスピタリティ　おもてなしのこころが、あなたの人生を変える』ＰＨＰ研究所　２００７年）

本当の思いやりとは、ただ単に思うだけではなく、その人のために行動することだと思います。死んでいくアンドレくんへの看護師さんの思いやり、その思いやりに感動してパイナップルの缶詰を届けてくれた人の思いやり。すばらしいですね。

もう一つ、子どもを失った想像もできない悲しみの中、その人たちに心から感謝する母親。

人間のこころと行動のあり方の原点を知った話でした。

それに対し、とても悲しい出来事がありました。福島に出張した時の出来事です。朝、東京駅の待合室でなんとなく、歩いている人たちを眺めている時のことでした。突然、初老の男の人が倒れて階段を転げ落ちてしまいました。びっくりして走り寄って声を掛けましたが反応がありません。駆け寄ったもう1人の女性に救急車を呼ぶように頼みました。その後、駅員や救急隊員が来たのでその場を離れました。

何が悲しいかって、その倒れた男性に、走り寄ったのはたったの2人。他の人は見て見ぬふりをしたり、その場から離れたり。自分のことを褒めるつもりはありません。むしろ人として当たり前の行動をとっただけです。もし自分の父親がこんな目にあったらと思ったら、涙が出るくらい悔しかったです。

4　折乃笠部長　歴史を語る

歴史はロマンだ！　空想インタビュー

【坂本龍馬】

折乃笠「皆さん、こんにちは！　折乃笠です。現在、すっかり春で桜の花が満開です。まだ、少し寒いですけど、春爛漫です。さて、今週は、もし坂本龍馬が暗殺されないで長生きしていたら、日本の歴史はどうなっていたかをおなじみの方々にインタビューをしていきます。それでは、まず、この方。お名前をどうぞ」

龍馬「坂本龍馬じゃき～」

折乃笠「坂本龍馬さん自身が、もし坂本龍馬が暗殺されないで長生きしていたら、日本の歴史はどうなっていたかを語るところが面白いところですね」

龍馬「………」

折乃笠「失礼致しました。それでは簡単に自己紹介してください。その前に私は……」

龍馬「知っておる。長岡藩の河井継之助殿から聞いておる。この間、米百俵の話をブログで紹介してくれたとたいへん喜んでおったでのう。彼とはメル友じゃき」

折乃笠「さすが、顔が広い龍馬殿。しかし、江戸時代にメールできましたっけ？　まっいいか！　それでは自己紹介を」

龍馬「わしはただの土佐藩出身の田舎侍じゃ」

折乃笠「何をおっしゃいますか？　21世紀の現代でもすごい人気です。幕末最大の功労者の一人にして、現代でもなお国民的人気を誇る坂本龍馬。既成の概念や秩序にとらわれない柔軟な発想、誰にでも愛される魅力的な人柄、そして類いまれな行動力をもった龍馬なくして、日本の夜明けはなかったと言われています」

龍馬「褒めすぎとちがうか！」

折乃笠「まあまあ。それでは、ご自分の一番の功績は？」

龍馬「倒幕へのシナリオ。薩摩藩と長州藩の二大雄藩が手を結んで幕府に対抗することに始まる。しかし、この両藩は互いに憎み合っていて歩み寄ろうとさえしなかったため、亀山社中で薩長の貿易を仲介する形をとった。感情よりも利益を主張するというわしならではの作戦が功を奏し、歴史的な同盟が成功したのであ〜る」

折乃笠「一番苦労したことは？」

龍馬「言葉。わしが土佐弁、長州弁の桂小五郎、薩摩弁の西郷隆盛。最初は、通訳が必要だったほどじゃき」

折乃笠「それでも、歴史的同盟を結べた最大のコツは？」

龍馬「飲みニケーションと大事な時は聞き役に徹すること」

折乃笠「なるほど、21世紀の現代にも通用することですね」

龍馬「もう一つは相手を好きになることじゃ」

折乃笠「龍馬さん！　女性にもてたそうですね」

龍馬「でへへ！　でも新撰組の土方歳三には負けた」

折乃笠「さて龍馬さん。あなたが提案した新政府の人員構成に、坂本龍馬の名前はなかった。西郷隆盛や桂小五郎が不思議がっていました。なぜですか?」

龍馬「窮屈な役人は性に合わないから。世界の海援隊でもやろうと思ったのじゃ」

折乃笠「しかし、１８６７年11月15日、中岡慎太郎と宿にいるところを襲撃され絶命。享年33歳、龍馬さんの夢が実現することはなかった」

龍馬「もしも中岡が新政府で働いていれば、のちに内乱が続く国内情勢は変わったかもしれない。早すぎる最期を迎えてしまった彼には、そう思わせるだけの魅力があった」

折乃笠「ご自分のことよりも人を褒める。龍馬さんらしいですね。ところで龍馬さん！坂本龍馬が暗殺されないで長生きしていたら、日本の歴史はどうなっていたと思いますか?」

龍馬「自分の護身に無頓着でも平気だったわしは、大仕事を成し遂げた途端に暗殺された。天運が尽きたと思っとる。よって、１８６７年に暗殺されなくても、その次の年に暗殺されていると思っとる。人生長さではなく、太さじゃ。人間の力量は決まっておる。太ければ太いほど短い。ただし、常に前を向いていたい。だから、わしはドブの中で死んでも前を向いていた。わしの人生、十分満足している」

折乃笠「なるほど。今日はありがとうございました」
龍馬「折乃笠さんご苦労さん。さて京都にでも飲みに行くけ？」

【西郷隆盛】

折乃笠「それでは、２人目を紹介致します。お名前をどうぞ」
西郷隆盛「西郷隆盛でごわす」
折乃笠「私は折乃笠と申します。私は……」
西郷隆盛「知っとる。龍馬の姉より聞いていますたい。龍馬の姉の乙女とは文通する仲でごわす。乙女は文武両道、身長１７５センチ、体重１１２・５キロで坂本のお仁王さまと言われていた。おいどんも巨体。巨体同士で仲が良い。酒を飲むときは１人１升以上はいく。この良姉の教育により、龍馬は日本を背負う大人物に成長したですたい」
折乃笠「乙女さんとは宮崎出身のＳ常務を通しての知り合いです。それでは簡単に自己紹介してください」
西郷隆盛「おいどんは、薩摩藩の下級藩士の家に生まれた。子どもの頃、友人の喧嘩の仲裁に入った際に右肘の神経を斬られたため、武芸で身を立てることを諦めて学問に励んだが、これがのちに役に立つことになり申した」
折乃笠「お体の大きい西郷さんがお相撲さんになったら強かったでしょうね。21世紀の現代、横綱、大関がほとんど外国人。明治維新前の日本国では考えられないことです」

西郷隆盛「良いではありませんか。国技を維持するためでごわす」

折乃笠「さすが西郷さん。国際派。さて、こちらで調べた西郷さんについて、もう少し紹介させていただきます。西郷さんは、『万物の源である天を敬い他人に慈愛を注ぐ』という意味の「敬天愛人」を指針に生きた人であった。自らの行動が天命に沿ったものかどうかを唯一の判断基準とし、利で動くことがなかったため絶大な人望を集めた。それに改革を進めようという西郷さんの強い意志が加わることで、維新の大きな原動力となったのである。いかがです？　西郷さん」

西郷隆盛「ちょっと褒め過ぎでごわす。おいどんは上野の山で犬と一緒に立っているのが一番おいどんらしいと思っているでごわす」

折乃笠「ところで西郷さん。上野の山ではいつも何を見ているのですか？」

西郷隆盛「ファッションビルを何十年も見ています。お嬢さんのファッションがどう変化してきたか、今度、雑誌に寄稿しようかと思っているでごわす」

折乃笠「思わぬ展開になってきました。さて、西郷さんと龍馬さんの関係について教えてください」

西郷隆盛「京へ入った龍馬がおいどんを呼び出し、薩摩と長州の同盟は日本全体の問題だと説いた。これは、幕府に追い込まれた状況である長州藩からは、面子が立たないので話を切り出しにくく、その点、懐の深いおいどんならば大事を前にしてわだかまりを越えてくれると、おいどんに対する龍馬の大きな期待があったのではないだろうか。かくして、おいどんのほうから同盟の話を切り出して、薩長同盟が締結されたのでごわす」

折乃笠「そうですか。つまり西郷さんは龍馬さんにすっかり利用されたということですね」

西郷隆盛「おいどんはそれを重々知っての行動。龍馬の魅力的な人柄に負けた」

折乃笠「そうですか。良い話ですね。さて、もし坂本龍馬が暗殺されないで長生きしていたら、日本の歴史はどうなっていたと思いますか？」

西郷隆盛「おいどんは思う。龍馬は日本の政治家にはならなかったと思う。明治維新後、日本には優れた政治家が登場した。いずれにしても、龍馬とは違うタイプである」

折乃笠「ぜひ紹介してください」

西郷隆盛「大久保利通。おいどんと同郷で親友でごわす。利通は、確固たる信念ゆえに不動であり、現実的であるがゆえに柔軟な思考をもつという剛柔併せもった人物で威厳もあったため、面と向かってものを言える人は少なかったという。また、潔癖な人物であった。

伊藤博文。初代内閣総理大臣。優れた政治家であり大日本帝国憲法の父ともいえる伊藤は、間違いなく偉人であり、功名心も強く、しかし人間味のある人物でもあった。

黒田清隆。有能なだけでなく人の良い人物であった。晩年は、箱館戦争で命を救った旧幕臣、特に武揚とのつき合いが深まっていき、彼が亡くなった時は武揚が葬儀委員長を務めたという。

西郷従道。おいどんの弟だ。博文時代に海軍大臣や内務大臣を歴任。鷹揚な性格だったので信頼を集め、政府の重鎮として活躍した。おいどんは従道に総理大臣になって欲しかった。いずれにしても、21世紀の現代の政治家にはいない大物ぞろいであったでごわす」

折乃笠「さて、それでは龍馬さんは何になっていたと思いますか？」

西郷隆盛「おいどんは彼の性格、既成の概念や秩序にとらわれない柔軟な発想、誰にでも愛される魅力的な人柄、そして類いまれな行動力を思うと、世界をまたにかけた国際人になったと思うでごわす。たぶん、彼の友人、後の三菱財閥を築いた岩崎弥太郎以上の財閥を築いたのではないかと思うでごわす。それも日本ではなく、アメリカで。もしかすると、ロックフェラーのようにアメリカ一の金持ちになっていたかもしれない。さらに飛躍すると合衆国大統領になった可能性もある。ん～ん。ありうるでごわす」

折乃笠「さすが！　スケールの大きい人がスケールの大きい人を考えると、話のスケールが大きい！」

西郷隆盛「いや、いや」

折乃笠「本日はありがとうございました。さて、今夜のご予定は？」

西郷隆盛「上野の山の近くのアメヤ横丁で芋焼酎をちょっと引っかけてから帰りますですたい。犬に餌をやらないと……」

【土方歳三】

折乃笠「次の方を紹介致します。お名前をどうぞ」

土方歳三「土方歳三！」

折乃笠「私は折乃笠と申します。私は……」

土方歳三「黙れ！　知っている。この間、俺の実家に来たではないか！」

折乃笠「そうでした。ところで歳三殿。どこで見ていたのですか？」

土方歳三「日野万願寺の土方歳三資料館の展示室には俺の唯一の写真があったろう。あれが俺だ」

折乃笠「そうでしたか。そういえば説明員は子孫と思われる女性。どことなく顔が歳三殿に似ていました。なかなかの美人でした」

土方歳三「そうだろう～！」

折乃笠「それでは自己紹介してもらえますか？」

土方歳三「そんなことできるか！　知りたければ土方歳三資料館に来い！」

折乃笠「しょうがないなあ。それではそこでもらったパンフレットから概要を紹介します。『天保六年五月五日、武州石田村に生まれる。長ずるに剣を好み、天然理心流三代目の主近藤周助邦武の門に入り、初めて近藤勇と相知り以後、信義をもって交わること兄弟よりも深し。文久三年一月、徳川幕府は将軍家茂の上洛に際し、護衛の浪士を募集する。文久三年二月四日、近藤・土方はこれに参じる。その後、京に留まり新撰組を結成、京の治安維持に当たる。動乱のうちに起居すること約五年、この間に天皇の長州への遷座を計画した過激浪士を襲った池田屋事件等、身命を賭して活躍したが、時勢利なく江戸に下る。さらに宇都宮、会津、仙台に転戦後、仙台湾に碇泊中の榎本武揚と謀り、箱館五稜郭に入城する。蝦夷地（北海道）の開拓と北辺の護りに就く独立国と認めてもらうべく新政府に歎願するも認められず、却って薩長軍の反攻熾烈となる。遂に明治二年五月十一日、戦死す。享年三十五、近藤の死後一年であった』」

土方歳三「うむ。よくまとめたな」

折乃笠「歳三さんの子孫の方に感謝してください」

土方歳三「そうだな」

折乃笠「さて、歳三さん。あなたは坂本龍馬をどう思いますか？」

土方歳三「龍馬は我ら新撰組と敵視の関係にあった。俺は個人的にも龍馬の人なつこい性格は好きではない。たぶん局長の近藤勇も同じだと思うが。ただし、沖田総司はどうも龍馬のことが好きだったみたいだ。タイプが似ていたからな」

折乃笠「ところで歳三さん。こんな噂話を聞いたのですが。一躍民衆のヒーローにもちあげられた新撰組で、その中でも鋭い目で街を闊歩する副長の土方は、特に目立った存在であった。当時撮影された本人の写真を見ても分かるのだが、土方は現代でも十分に通じる色男だ。しかも、必要ならば洋服を着たり、髷を落とすことも厭わず、柔軟な考えの持ち主でもあった。そんな彼を世の女性たちが放っておくはずもなく、町娘をはおろか、色町の女性たちからも多数の恋文が届けられた」

土方歳三「照れるじゃないか」

折乃笠「歳三さんと龍馬さん。色男同士で気が合いそうだけどなあ！」

土方歳三「黙れ！　俺は西郷隆盛とのほうが気が合う」

折乃笠「そうですか。さて、もし坂本龍馬が暗殺されないで長生きしていたら、日本の歴史はどうなっていたと思いますか？」

土方歳三「龍馬自身も言っていたが、１８６７年に暗殺されなくても、その次の年に暗殺されていただろう。どうしても虫の好かん奴だ。斬るしかないだろう」

折乃笠「本日はありがとうございました。さて、今夜のご予定は？」

土方歳三「高幡不動の自分の銅像に会いに行く。その後、境内のお花見で一杯。一緒に来るか？」

【ペリー】

折乃笠「次の方を紹介致します。お名前をどうぞ」

ペリー「………」

折乃笠「Can you speak Japanese?」

ペリー「ほんの少しで～す。私はマシュー・カルブレイス・ペリーと申します。Can you speak English?」

折乃笠「全～然！　ダメあるよ！」

ペリー「今度、ジョン万次郎くんに英語を習うとよいですよ」

折乃笠「ありがとうございます。私は折乃笠……」

ペリー「存じ上げています。先週、ブエノスアイレスのアルゼンチン領事館よりあなたの情報を入電。ダカールラリーレースの表彰台でシャンパンを頭から浴びたそうで……」

折乃笠「恐れ入ります。それではペリーさん、自己紹介してもらえますか？」

ペリー「私は、米国ロードアイランド州に生まれました。父は海軍大佐で、兄も海軍という海軍一家だったから、私自身が海軍軍人になることも決まっているようなものでありました。やがて入隊した私は兄の指揮する艦に配属となり、米英戦争に兄弟で参戦することになります。この戦いにおいて、アメリカ軍に勝利をもたらす活躍を見せた兄は国民的英雄として称えられ、兄弟名は、一躍有名になりました」

折乃笠「そうですか。日本ではちょんまげを結って走り回っていた頃、アメリカではもうそんなことがあったのですね」

ペリー「私はその当時から黄金の国、日本国に非常に興味がありました」

折乃笠「それでは、文献からペリーさんの経歴を紹介しましょう。

『全4隻からなるペリー艦隊は、琉球から小笠原諸島に寄港し、1853年6月に浦賀沖へと到着。イギリスやロシアの帆船とはまるで違う、煙を上げる黒塗りの船体を見た日本人は、これを「黒船」と呼び恐れた。幕府は江戸沖からの撤退を要求したがペリーはこれを拒否し、最高位の役人との面会を希望。幕府はなんとか鎖国を守ろうとしたが、ペリーは回答を得るまでテコでも動かない。幕府は艦隊を討ち払うのは不可能だとも気づいている。そして、日米和親条約を締結。日本の鎖国体制は、ついに綻びを見せる。国交を開くという大役を果たしたペリーはアメリカに帰国すると、『日本遠征記』をまとめて政府に提出した。しかし、そのわずか4年後に64歳で死去。日本の開国は、海軍の英雄としての威信をかけた最後の大仕事となった。』

さて、ペリーさん。坂本龍馬さんとの出会いは？」

ペリー「坂本さんとは一度も直接会ったことはありません。しいて言うならば、一度、姿を見たことがあります。あれは日本国の横浜沖を船で進んでいた時に2人のお侍が走りながらこちらに向かって何やら叫んでいた。特に一人は遠くから見ても強いオーラを感じました。後で聞いた話では、その方が坂本龍馬さんで、もう一方が桂小五郎さんであることが分かりました」

折乃笠「ペリーさん、日本国の印象は?」

ペリー「正直申しまして、この時すでに日本国の底力、日本人のすごさを感じていました。私は直感的に日本国は将来我々アメリカと肩を並べる国力を持つと感じたのでした」

折乃笠「なるほど。それでは最後に、もし坂本龍馬が暗殺されないで長生きしていたら、日本の歴史はどうなっていたと思いますか?」

ペリー「私は先ほども申しました通り、坂本龍馬殿にはただならぬオーラを感じておりました。まず日本国は彼が内閣総理大臣となり、さらに西洋国家の影響を受けて日本国大統領に就任。ヨーロッパ圏またはアメリカ以上の国力を確立したと考えます」

折乃笠「つまり明治時代、すでに日本国は世界の頂点になっていたということですか?」

ペリー「そうです。坂本龍馬。彼は世界的英雄なのです」

折乃笠「本日はありがとうございました」

【徳川慶喜】

折乃笠「次の方を紹介致します。お名前をどうぞ」

徳川慶喜「私は徳川慶喜です」

折乃笠「私は折乃笠と申します。私は……」

徳川慶喜「あなたでしたか？　先日私の祖先徳川家康をブログで紹介してくださった方は？」

折乃笠「はい。私、歴史が好きで素人ながらいろいろなことを考えています。徳川家は日本の名門。一～十五代将軍をお一人お一人、研究したいと思っています」

徳川慶喜「今分かっている中でお好きな方は？」

折乃笠「恐れながら申し上げますれば、1番は八代将軍・吉宗公、2番が五代将軍・綱吉公、3番目は三代将軍・家光公です」

徳川慶喜「嫌いな者はおありかな？」

折乃笠「はい。伏して申し上げます。あなたさま、慶喜公でございます」

徳川慶喜「そうか～。そうだろうな」

折乃笠「それでは慶喜公、こちらでお調べしましたあなたさまについて紹介させていただいてよろしいですか？」

徳川慶喜「お願い致します」

折乃笠「十四代家茂公が病死するとついに慶喜公は、十五代将軍・徳川慶喜となるが、時すでに遅し、幕府の権威は凋落しており倒幕派の勢いは止まることがなかった。その流れの中で朝廷は、薩長に『討幕の密勅』を出した。それを察した慶喜公は土佐の山内容堂の勧めで、朝廷に政権を返す大政奉還を上表した。実をいうと、奉還後に天皇のもとで慶喜を長とする政治体制をつくろうとしたらしい。

しかし、それに対して朝廷側の岩倉具視はクーデターを起こし、次いで明治天皇が幕府の権力排除を明示した『王政復古の大号令』を発令した。

慶喜公は部下を見捨てて大坂から江戸に逃げるように戻ると、朝廷に恭順を示すために上野寛永寺に蟄居した。この時点で江戸幕府は政治的、軍事的にも終焉を迎える。やがて江戸城無血開城ののち、ついに江戸幕府はその幕を閉じた。ちなみに慶喜公は、江戸城で執政したことがない唯一の将軍である。慶喜公は大正まで生き、77歳で逝去した。歴代の将軍の中では最も長生きしたという」

徳川慶喜「異議ござらぬ」

折乃笠「どうしても分からないのは、なぜ、慶喜公は部下を見捨てて大坂から江戸に逃げたか？　この件、篤姫さまもたいへんお怒りになっておりました」

徳川慶喜「………」

折乃笠「この件につきましては、また改めて考えたいと思います。それでは、もし坂本龍馬が暗殺されないで長生きしていたら、日本の歴史はどうなっていたかと思いますか？」

徳川慶喜「日本国は神武天皇から始まる天皇を中心とした伝統ある国であります。政治経済は、それぞれ名門の将軍家が司ってきました。よって龍馬のような土佐のド田舎出身の下士に日本国の歴史を変えることはできないと思われます。私が大正時代まで伯爵として生きたのは、日本国の中で名門徳川家ありきを知らしめ、政治経済を陰でコントロールするためだったのです」

折乃笠「そうですか……。本日はありがとうございました」

徳川慶喜「このあと、折乃笠さんをどこかご招待したいところですが、ここ数年、禁酒しているので失礼します。U部長にはそうお伝えください」

折乃笠「さて、歴史に対する解釈は人それぞれ異なります。たぶん、完璧なデータを用いても最後は人間の行い。真実は本人のみが知ること。やはり、歴史は少しベールに包まれた部分があるほうが、ロマンがあると考えるべきなのでしょうね。ご清聴ありがとうございました」

戦争の悲惨さを語る

初めての広島

去年の9月22日、ある本を購入しました。新聞の広告でその本の存在を知り、その題名がどうしても頭から離れなくなってしまいました。すぐに本屋さんで注文をして購入致しました。その後、何度かその本を手にするのですが、怖くて、恐ろしくて、読むことができないのです。

購入してちょうど1年がたった9月28日、その本を持って広島を訪れました。翌日は、平和記念公園へ行く予定です。自分の目で、戦争の悲惨さ、原爆の惨さ、それに立ち向かった日本人の姿を見てきたいと思います。

戦争と日本人については、今までもテレビや本などからいろいろな観点で知ることはできました。戦争勃発の背景・原因、戦争の責任という観点でもいろいろな解釈があります。原爆の使用に対する見解についても、アメリカ側、日本側で大きく異なります。

私は、右翼でもなく左翼でもなく、決まった宗教を持っているわけでもなく、思想的には中立だと思っています。ただ、戦争については、なぜ同じ人類が、一番野蛮な行為、殺人をしてまで、国策を守るのか理解できません。ましてや何もしていない、何も知らない一般市民が、一瞬のうちに何万人と殺されてしまうような行為が許されるはずはないと思います。

9月29日、6時前に起床。ホテルの15階から広島の街並みを見ています。空は曇っており、遠くの黄金山に霞がかかって幻想的です。朝食を済ませ、原爆ドーム、平和記念資料館、国立広島原爆死没者追悼平和祈念館などがある平和記念公園へ向かいます。ホテルからゆっくり歩いて、原爆ドーム入り口に到着。見上げるとそこに原爆ドームがありました。想像を絶する姿に唖然としてしまいました。遠くから見えるシルエットは、何か霊気が漂っているような不気味な感じがします。近くに行くと、破壊のエネルギーを感じます。レンガの上に塗られていたコンクリートは剝ぎ取られ、鉄骨は熱でひん曲がっています。建物の大きなコンクリートの残骸が周りに無造作に転がっています。建物の壁はところどころ真っ黒に焼けただれています。てっぺんのドームは鉄骨のみ残っていますが、その形が恐ろしい。私、それがどうも骸骨に見えてしようがありません。近くにあった説明板を読みました。

「1945年8月6日午前8時15分、人類史上初めての原子爆弾が細工町の島病院の上空約580メートルでさく裂し、爆心直下の一帯は人も街並みも全滅しました。焼け跡には、広島県産業奨励館の残骸（現在の原爆ドーム）だけが、象徴的な姿をさらしていました」

私は近くのベンチに座って原爆ドームを見上げています。

東京裁判時のレイクニー弁護人の「広島、長崎への原爆投下という空前の残虐を犯した国の人間に、この法廷の被告を〝人道に対する罪〟で裁く資格があるのか」という証言を思い出していました。

原爆ドームは当時爆風がほとんど垂直に働いたため、建物の一部の壁などが倒壊から免れ、最上階の球型のドームも一部残存できたそうです。それにしても、被爆前の建物の写真がありますが、似ても似つかぬ形をしています。当時、中にいた人たちは全員即死だったそうです。即死、その言葉が胸を打ちます。

世界遺産として残された原爆ドーム、姿形よりも、その悲惨さ、人々の悲しみこそが受け継がれるべきと思います。

その後、私は、重い気持ちで元安橋を渡ります。下を流れる元安川は、当時何万という被爆した人が水を求めて入水し亡くなっているといいます。川の水の色は暗く、悲しみの色に見えました。

さらに進むと、公園の中央に石室があります。

そして、石室の先には平和の灯が赤々と燃えており、さらにその先には原爆ドームが見えています。私は、自然と手を組み、しばらく祈っておりました。

8時20分、平和記念資料館の入り口の前にいます。開館まで10分、入り口には「広島原爆投下からの日数24160日　最後の核実験からの日数00182日」と電光掲示版に表示されていました。

東館入館、まず目についたメッセージは、

「戦争は人間のしわざです。戦争は人間の生命を奪います。戦争は死そのものです。過去を振り返ることは将来に対する責任を担うことです。ヒロシマを考えることは核戦争を拒否することです。ヒロシマを考えることは平和に対して責任を取ることです。１９８１年2月25日　ローマ法王ヨハネ・パウロ２世」

東館1階には、原子爆弾の開発から広島への投下までが示されています。

なぜ開発したのか？　3年の歳月と20億ドルの費用と12万人の人員を費やしたそうです。なぜ日本に投下することを決めたのか？　アメリカは、原爆投下により戦争を終結できれば、戦後ソ連の影響力が広がるのを避けられ、また膨大な経費を使った原爆開発を国内向けに正当化できると考えていました。

表向きは確かにそうだと思います。しかし、その根底にはもっと悲しい事実があります。展示物の中のハイドパーク覚書の原文のコピーがそれを表していることを私は知ることになります。あとで語ります。

なぜ広島に投下したか？　アメリカは、原爆の効果を正確に測定できるよう、約４・８キロ以上の市街地を持つ都市を選びました。その後、広島を第一目標としたのは、目標都市の中で唯一、連合国軍の捕虜収容所がないと思っていたためです。

広島は明治時代から軍都であり、大本営が置かれており、明治天皇も常駐していたそうです。昭和に入っても、最強の第五師団を有し、近くには三菱重工の戦艦造船所や兵器製作工場が多数あったそうです。アメリカは、そのような軍事施設を潰すことも考えていたのではないかと思います。

東館2階は、戦争・原爆と市民を示しています。

広島は、原爆投下によって、都市基盤そのものを奪われました。被爆者や原爆孤児はもとより、復員軍人や引揚者、疎開先から帰ってきた人々など被爆をまぬがれた市民も、家や職を失いました。しかし、市民は被爆直後の混乱期、敗戦、占領下の大変動の中で、困難にめげず、生活の再建へと立ち向かいました。

いくつかの写真から困難に立ち向かう市民の様子が窺えました。しかし、原爆孤児となった子どもたちが懸命に靴磨きをしている姿や被爆した時母親の胎内にいて障害を持って生まれてきた子どもたち……。何の罪もない子どもたちがかわいそうでなりませんでした。

そして、本館に進むと、遺品や被爆資料が展示されていて、1945年8月6日、広島に何が起こったかを伝えています。

放射線による被害、熱線による被害、爆風による被害の写真は、破壊された建物、変形変色したいろいろな遺品、そして人々のすさまじい悲劇的な様相……かろうじて生き残った人々も、焼けこげて血みどろになったボロボロの衣服をわずかに身にまとい、瓦礫の街を逃げまどったそうです。思わず目を背けたくなりますが、熟視して事実を知ることがせめてもの供養だと思いました。

展示物は、原爆使用という人類の深い過ちを後世まで多くの人々に伝えるものなのだと思います。展示物を見て、じっとたたずむ人、祈っている人、両手を合わせ額に置いて泣いている人など、本館の展示場は重苦しい雰囲気でありました。

私は重い足取りで次の目的地、国立広島原爆死没者追悼平和祈念館に向かいました。この祈念館は、国として、原爆死没者の尊い犠牲を銘記し、追悼の意を表すとともに、永遠の平和を祈念するため、２００2年8月に開館しました。併せて、原爆の惨禍を全世界の人々に知らせ、その体験を後世に継承するための施設です。

・原爆死没者の氏名と遺影（写真）
・被爆者体験記
・企画展〝しまってはいけない記憶　さし出された救いの手〟

情報展示コーナーで多くの被爆された方の体験記を読みました。心が張り裂けそうです。そこから一点を紹介致します。

「原爆が投下された瞬間に吹き飛ばされて、家の中で気がついた。黒煙で真っ黒で何も見えない。しばらくすると、小さな光がわずかに目に入ってきた。その光を頼りに歩いて行くと、格子戸の玄関であった。外に出ると、すでに狭い道は瓦がいっぱい散乱し、歩くにも困難な状態で人々は泣き呼び、大人も子どもも流血し火傷で顔の皮膚がずるりとむけ、ぶら下がっている。また、背中や腕足も水泡ができた人々で、右往左往と走っている。私も何が何か分からず、人のあとをついて走った」

被爆して亡くなった人は14万人だそうです。

私は、再び原爆投下目標地の相生橋に行ってみました。T字型の橋で、上空から分かりやすかったそうです。橋の下の川は、暗い緑色をしていました。その時、観光バスを降りた小学生たちが元気に走って平和記念公園に入って行きました。

冒頭で話したある本を昨日、広島行き新幹線の中で涙ながらに熟読致しました。

『原爆は日本人には使っていいな』（岡井敏　早稲田出版）

ハイドパーク覚書について語った、あまりにも衝撃的な内容でした。

ハイドパーク覚書とは、

「1944年9月18日、ハイドパークでのルーズベルト大統領とチャーチル首相の会話に関する覚書。

1．管用合金の管理と使用については、国際協定を考慮に置き、管用合金を世界に公表すべきであるとの意見があるが、この意見は受け入れられない。本件は、極秘にし続けるべきものである。しかし「爆弾」が最終的に使用可能になったときには、熟慮のあとにだが、たぶん日本人に対して使用していいだろう。なお日本人には、この爆撃は降伏するまで繰返し行われる旨、警告しなければならない。

2．管用合金を軍事目的、商業目的に開発する米英両政府間の完全な協力作業は、日本敗北後も、両政府の合意によって協力が停止されない限り、継続されるべきである。

3．ボーア教授の活動については調査する必要がある。教授には、特にロシア人に対してだが、情報を漏らさない責任があり、この保証措置を取らねばならない。9月18日　ルーズベルト　チャーチル」

ここで、管用金属とは原子爆弾の暗号名です。

そして、恐るべきことは、日本降伏1年前、ドイツもまだ降伏していない中ですでに「原爆は日本人に使用」と書かれていることです。実は平和記念資料館にそのハイドパーク覚書原文のコピーが展示されていたのです。

「when a "bomb" is finally available, it might perhaps after mature consideration, be used against the Japanese.」

原爆は日本人には使っていいな……私、その場で鳥肌が立ってしばらく動けなくなりました。これは我々日本民族に対する侮辱であります。

著者の岡井氏が本の中で言っているように、この部分については日本では隠そうとしています。もっともっと日本国内で議論し核廃絶の根本に迫る必要があると思います。

今回、自分の目で、戦争の悲惨さ、原爆の惨さ、それに立ち向かった日本人の姿を見てきました。結果、原爆が広島に投下された背景、投下されたあとの悲惨さと悲しみ、再建に立ち上がった人たちをいろいろな観点から知ることができました。

平和記念公園の中央に石室があり、そこには、以下の文が刻まれた祈念碑がありました。

「安らかに眠って下さい　あやまちは繰返しませぬから」

最後にまとめとしてこの文の意味を考えたいと思います。ここで「あやまちは繰返しません」の主語は誰なのか？　戦争を起こし、人類史上初めて原爆投下してしまった人類なのか？　戦争に参戦し、結果的に原爆投下をさせてしまった日本人なのか？　広島の原爆投下という空前の残虐を犯したアメリカ人なのか？

「安らかに眠って下さい」は、原爆で亡くなった多くの日本人、中国人、朝鮮人、他国の方々に対して言っているのだと思います。そうすると、主語が人類というのはあまりにも、拡大解釈のような気がします。

主語が日本人？　8月6日時点では、日本はすでに敗北しており、原爆はまったく不必要だったと思います。よって、戦争に参戦したことと原爆投下は結びつかなく、主語が日本人ということは考えづらいと思います。そうすると、原爆を開発し、日本人に対し原爆使用を決定し、原爆投下したアメリカ人が主語？　それはありえないと思います。

この文は、非常に感動的で心から反省したくなる文だと思いますが、主語があいまいで、責任の所在がはっきりしていません。世界平和都市、核廃絶を訴えるなら、もっともっと日本国内で議論し、核廃絶の根本に迫る真実を示す必要があると思います。
最後に、広島、長崎で被爆し、深い悲しみの中亡くなられた方々のご冥福を心よりお祈り申し上げます。広島はどんよりと曇り空でした。

第14回文芸思潮エッセイ賞入選作品

政治は人だ！　歴代首相に空想インタビュー

【伊藤博文】

日本の首相のあるべき姿を考えてみたいと思います。それでは折乃笠さん登場願います。
折乃笠「ハイ！　皆さん、こんにちは！　折乃笠です。しかし、暑いですね！　首相いかがですか？」
伊藤博文「完全に異常気象だな。我々の時代はまだまだ日本は四季折々過ごしやすかった。人類の産業革命の加速度が速すぎた。環境問題など頭になかった」
折乃笠「異常気象は明治、大正、昭和時代の発展の大きな代償ですかね？」

伊藤博文「そうだな。すまないと思っている。わしはそれを改善する現在の日本の首相のリーダーシップに期待している。世界を動かしてほしい」

折乃笠「残念ながら、現在の日本の首相たちには世界を動かすようなスケールの大きな人物はおりません。ただし、各政党には、将来期待できる若手がいると信じております」

伊藤博文「……‥」

折乃笠「それでは、ここで伊藤翁を紹介させていただきます。

農民の子として生まれ、松下村塾で共に学んだ高杉晋作らと明治維新に貢献。岩倉使節団の一員として欧米各国を回った経験から、海外と対等な近代国家として日本を確立する必要性を痛感し、天皇を中心とした立憲君主制度の導入に尽力した。1885年には内閣制度を創設、日本初の内閣総理大臣となる。持ち前の人間的魅力で、明治天皇と藩閥政府との間を円滑に調整し、その後、大日本帝国憲法発布の草案作りに関与。1889年には憲法発布にこぎつけた。初代、第5代、第7代、第10代内閣総理大臣。元老」

伊藤博文「わしは貧しい農民の子として生まれた。総理大臣になれたのは、やはりハングリー精神が旺盛であったことが一番大きい。そして、周りには多くの優れた有能な師や大先輩がいたこと、そして血気さかんな時期に欧米各国を回り、現地現物確認ができたことにある」

折乃笠「優れた有能な師や大先輩とは？」

伊藤博文「1番は西郷隆盛先生、次が大久保利通先生、岩倉具視先生」

折乃笠「伊藤翁が日本で1番総理大臣にふさわしいと思われるお方は？」

伊藤博文「西郷隆盛先生じゃ！　わしは西郷隆盛先生が総理大臣になっていれば、今の日本はもっとスケールの大きな国になっていたと思う。少なくとも『経済一流、政治三流』などとは言われなかったと思う」

折乃笠「いやいや、伊藤翁はしっかりと初代総理大臣として立派に日本国の礎を築かれたと思いまする。千円札になった方は他にはおりませぬぞ」

伊藤博文「それはあまり関係ないのではないかい」

折乃笠「ここに、非常にすばらしいデータがあります。歴代最年少首相の順位です。

1位　伊藤博文44歳、2位　近衛文麿45歳、3位　黒田清隆47歳、4位　山縣有朋51歳、5位　安倍晋三52歳、6位　桂太郎53歳、7位　田中角栄54歳。

伊藤翁は44歳で総理大臣になられているのですね。現代の欧米諸国の先を行っていたのですね。確かイギリスの首相デービッド・キャメロンが42歳か43歳。アメリカの大統領ジョン・F・ケネディが就任時43歳です」

伊藤博文「そうだな。やはりこれからの時代はなおさら、若い力が必要になるな」

折乃笠「それでは最後の質問です。現代の世の中で誰が総理大臣にふさわしいでしょうか？」

伊藤博文「正直言って分からん！」

折乃笠「本日はありがとうございました。伊藤翁これからのご予定は？」

伊藤博文「神田の古銭屋へ行って千円札の自分の顔を見て来ようと思っとる」

【東条英機】

折乃笠「皆さん、こんにちは！　折乃笠です。暑いですね！　閣下いかがですか？」

東条英機「軍人に暑い寒いは関係ない！」

折乃笠「たいへん失礼致しました」

東条英機「ところで今日は何だ？」

折乃笠「平成の世において、我ら日本国民は政治不信に陥っております。ここで、日本の首相のあるべき姿を考えたいと思っています」

東条英機「だったら、我輩は対象外だろう。我輩は日本国始まって以来、初めてのA級戦犯だぞ」

折乃笠「結果はそうかもしれませんが、そこに至るまでの過程が知りたいのです」

東条英機「………」

折乃笠「それでは東条閣下をご紹介致します。明治17（1884）年7月30日生まれ。現役軍人のまま第40代内閣総理大臣に就任した。在任期間は昭和16（1941）年10月18

日~同19（1944）年7月18日。階級位階勲等功級は陸軍大将・従二位・勲一等・功二級。永田鉄山の死後、統制派の第一人者として陸軍を主導する。日本の対米英開戦時の内閣総理大臣。また権力の強化を志向し複数の大臣を兼任し、慣例を破って陸軍大臣と参謀総長を兼任した。敗戦後に連合国によって行われた東京裁判にて『A級戦犯』として起訴され、巣鴨拘置所で死刑執行された。享年65歳」

東条英機「間違いございらぬ」

折乃笠「本当にご自分はA級戦犯とお思いですか？」

東条英機「間違いございらぬ」

折乃笠「こんなレポートがあります。太平洋戦争を開戦させた張本人という印象が強いが、実際には日米衝突を回避しようとする昭和天皇の意向を受け、ぎりぎりまで米国との外交交渉に尽力したという。しかし米国は東条内閣の和平案を受け入れず、満州からの日本軍撤退など、より厳しい条件を突き付けた。そして首相就任2カ月後、ついに太平洋戦争の火ぶたが切られる。

戦中は反戦主義者らを弾圧する「憲兵政治」により、国内の統制を強化し独裁色を強めるが、1944年7月、サイパン島陥落を機に総辞職。

戦後、A級戦犯として逮捕直前に自殺を図るが失敗。その後、死刑判決を受け、1948年に巣鴨拘置所内で処刑される」

東条英機「………」

折乃笠「自分が全ての責任を負っていませんか？　後世、日本いや世界の人々は太平洋戦争の責任を東条閣下に押し付けているように思われます」

東条英機「軍人は多くを語らず……」

折乃笠「総理大臣こそ、命をかけて国の全責任を負う気概が必要なのですね」

東条英機「………」

折乃笠「話を変えまして、東条閣下が日本で一番総理大臣にふさわしいと思われるお方は？」

東条英機「許されるならば、昭和天皇になっていただきたかった」

折乃笠「お気持ちはたいへん分かりますが……」

東条英機「山本五十六元帥だな。新潟県長岡市出身の大日本帝国海軍の軍人。26、27代連合艦隊司令長官。真珠湾攻撃とミッドウェー海戦での総指揮に当たったことから海外でも太平洋戦争の日本を代表する提督として広く知られる。山本は我輩と違って、国際派であり人望が厚い。もっと早く、停戦することができたはずだ」

折乃笠「それでは最後の質問です。現代の世の中で誰が総理大臣にふさわしいでしょうか？」

東条英機「正直言って分からん！　一つ言えることは、軍人は総理大臣にならないほうがよいだろう、ということだ」

折乃笠「本日はありがとうございました。閣下これからのご予定は？」

東条英機「多摩御陵の昭和天皇にお会いしに行く」

【吉田茂】

折乃笠「皆さん、こんにちは！　折乃笠です。暑いですね！　総理いかがですか？」

吉田茂「バカヤローー！　夏なんだから暑いに決まっておる」

折乃笠「しかし、戦後の高度成長をよいことに、多くの大気汚染物質をはきまくり、現代の異常気象を招いたのは総理ではありませんか？」

吉田茂「バカヤローー！　高度成長があったからこそ、ＧＤＰ２位の今の日本があるのだ」

折乃笠「しかし、現代ではまったく同じ思想で中国が政策を行っていますが、世界的に相当叩かれていますよ」

吉田茂「バカヤローー！　確かに今の中国は自分たちが良ければ的な感じがするな。償いからこれからの日本は地球環境トップランナーになるべきだな。京都議定書はすばらしいものがある」

折乃笠「さすが総理。すばらしいことをおっしゃいますね」

吉田茂「バカヤローー！」

折乃笠「総理、そのバカヤローの口癖は？」

吉田茂「バカヤロー！　１９５３年の衆議院予算委員会で、西村栄一社会党議員との質疑応答中、勢い余って吐いたあまりにも有名な暴言と言われている。これがきっかけで衆議院を解散してしまった。実際には小さくつぶやいた程度の発言だったが、それをマイクが拾ったことで騒ぎが大きくなってしまった。バカヤロー！」

折乃笠「それではここで吉田総理を紹介させていただきます。

明治11（１８７８）年9月22日～昭和42（１９６７）年10月20日。位階は従一位。勲等は大勲位。外務大臣（第73・74・75・78・79代）、貴族院議員（勅選）、内閣総理大臣（第45・48・49・50・51代）、第一復員大臣（第2代）、第二復員大臣（第2代）、農林水産大臣（第5代）、衆議院議員（当選7回）、日本国憲法の公布と施行、サンフランシスコ平和条約、そして日米安全保障条約の締結と、戦後日本を左右する重要な政策を実行した。

その強引なまでの実行力で〝ワンマン宰相〟とも称された。しかし、特に単独講和か全面講和かで世論が二分されていた講和条約を、〝全権主席〟としてほぼ独断に近い形で締結したその判断力がなければ、戦後日本のあんなにも早い復興はありえなかっただろう」

吉田茂「うまくまとめたな！」

折乃笠「ところで、なぜ、安保条約締結時、池田勇人外相ら他の議員を宿舎に残し、たった一人で調印に臨んだのですか？」

吉田茂「反対派の大きな攻撃が予測された条約締結の責任を一身に背負う覚悟ゆえのことだ」

折乃笠「さすが日本が生んだ大物総理！　有名な〝バカヤロー解散〟をはじめ、暴言暴挙のエピソードを多く持つ。葉巻をふかした高圧的な態度から、〝和製チャーチル〟のあだ名もある」

吉田茂「バカヤロー！」

折乃笠「話を変えまして、吉田総理が日本で一番総理大臣にふさわしいと思われるお方は？」

吉田茂「自分だと思う」

折乃笠「それでは最後の質問です。現代の世の中で誰が総理大臣にふさわしいでしょうか？」

吉田茂「バカヤロー！　そんな無責任なこと言えるか！」

折乃笠「お孫さんの麻生太郎氏はいかがでしょうか？」

吉田茂「……………」

折乃笠「本日はありがとうございました。総理これからのご予定は？」

吉田茂「帝国ホテルのバーで連日飲んでおる太郎に喝を入れに行く。バカヤロー！」

【田中角栄】

折乃笠「皆さん、こんにちは！　折乃笠です。暑いですね！　大臣いかがですか？」

田中角栄「まあ～その～確かに暑いね」

折乃笠「大臣。大学時代はたいへんお世話になりました」

田中角栄「まあ～その～なんのなんの」

折乃笠「本当は入学式に列席されるはずでしたね」

田中角栄「まあ～その～急に閣議が入ってしまってのう～。わしもぜひ参加したかった」

折乃笠「大学新設には相当の思い入れがあったのでしょうね」

田中角栄「まあ～その～わしは自分に教育がないから、せめて自分の家の周りを大学で囲みたかったのだ。それが、新潟大学（総合大学）、上越教育大学（教育）、国際大学（国際学）、そして長岡技術科学大学だ。全部できた時は涙が出るほどうれしかった」

折乃笠「そんな話を聞くとこちらも涙が出てしまいます。先日恩返しのつもりで大学でダカールラリーの話をしてきました」

田中角栄「まあ～その～そうだってな。ありがとさん」

折乃笠「それではここで総理の紹介をさせていただきます。

大正7（1918）年5月4日～平成5（1993）年12月16日。衆議院議員（16期）、郵政大臣（第12代）、大蔵大臣（第67・68・69代）、通商産業大臣（第33代）、内閣総理大

臣（第64・65代）などを歴任した。膨大な金の力と類いまれな実行力とで政治を動かした。〝日本列島改造論〟を掲げ、日本経済を急激に活性化させたが、その政策が狂乱物価を招き、同時期の金権選挙疑惑なども重なって退陣に追い込まれた。

田中内閣の最も大きな業績といえば日中国交回復だ。中国と日本とは、戦後30年近く正式に国交を結んでいなかった。だが田中は首相就任後わずか2カ月で中国を訪問。交渉の末に日中共同声明に調印し、日中国交回復を成功させた。綿密な計画の上というよりは、同年2月のニクソン大統領中国訪問に刺激を受け、ここぞとばかり、政治的なカンと瞬発力で大事業をやってのけた印象だ。その大胆な判断力と実行力こそが天才政治家といわれる所以なのだ」

田中角栄「まあ〜その〜天才政治家かあ。うれしいなあ！」

折乃笠「もう一つありますよ。コンピューター付きブルドーザー！」

田中角栄「まあ〜その〜何で？」

折乃笠「貧しい家庭に生まれ、働きつつ夜学に通った男が一国のトップに上り詰めた。金権政治などダーティな一面もあるが、人間的魅力で多くの人を惹きつけたその生き方は、かの豊臣秀吉にもたとえられる。的確な判断を即時に下せる頭脳と、強引なまでの実行力がこのあだ名の由来だ」

田中角栄「まあ〜その〜ありがとさん」

折乃笠「さて、話を変えまして、大臣が日本で一番総理大臣にふさわしいと思われるお方は？」

田中角栄「吉田茂先生だ。あのワンマンさを尊敬している。バカヤロー！」

折乃笠「それでは最後の質問です。現代の世の中で誰が総理大臣にふさわしいでしょうか？」

田中角栄「まあ〜その〜、まあ〜その〜、まあ〜その〜、いないな！　まあ〜その〜、特に世襲は良くないな。ハングリーさがまったくないのと大衆の気持ちが分からん！」

折乃笠「娘さんの田中真紀子さんはいかがでしょうか？」

田中角栄「まあ〜その〜、まあ〜その〜、ちょっと気が強くてな……他の閣僚が困ってしまうのではないかな」

折乃笠「本日はありがとうございました。大臣これからのご予定は？」

田中角栄「新珠三千代と伊豆の山水館へ、まあ〜その〜……」

5　あっと驚く折乃笠部長の趣味

おもしろ鉄ちゃん、鉄道オタク

列車愛称　東海道山陽新幹線を語りましょう

今日は東海道山陽新幹線の列車愛称を語ります。
東京〜新大阪、岡山、広島、博多行きは特急〝のぞみ〟。
東京〜新大阪、途中、小田原、静岡、豊橋などに止まるのは特急〝ひかり〟。
東京〜新大阪、各駅に止まるのが特急〝こだま〟。現在、メインは〝のぞみ〟ですね。
昭和39年、東海道新幹線開通時は、〝ひかり〟〝こだま〟でスタートしています。

〝ひかり〟は、光のように速いという意味だそうです。〝こだま〟は、こだまのように早く帰って来るという意味だそうです。〝こだま〟は東海道新幹線が開通する前は東海道本線のビジネス特急として当時としては画期的な速さで、日帰りで大阪から帰って来ることができるというものでした。

〝こだま〟は当時の国鉄では筆頭特急でしたが、東海道新幹線の発足とともに主役を〝ひかり〟に取られた感がありますね。かわいそうに今では遅いなどのイメージがあり、あまり良く思われていないような気がします。

〝のぞみ〟は東海道新幹線、山陽新幹線開通からだいぶたってからの新設でした。またまた、〝ひかり〟から〝のぞみ〟への主役交代です。今では〝ひかり〟は〝のぞみ〟に隠れてひっそり存在している感があります。さて、今後どうなるのか？　私は〝のぞみ〟の愛称分割を望みます。

今の東京発の新幹線は5分ごとに出発しています。特に〝のぞみ〟は新大阪行、岡山行、広島行、博多行など複雑で時刻表をよく読まないとたいへんなことになってしまいます。そこで、東海道山陽新幹線・新大阪行・特急〝のぞみ〟、東海道山陽新幹線・岡山行・特急〝はるみ〟、東海道山陽新幹線・広島行・特急〝ゆかり〟、東海道山陽新幹線・博多行・特急〝さゆり〟なんてどうでしょう？　なんだか、スナックのママの名前みたいで、飲みに行きたくなってしまいますね。

走行距離1000キロ以上の特急は優良特急として、セカンドネームも付与することとして、東海道山陽新幹線　博多行　特急〝よしなが　さゆり〟っていうのはいかがでしょうか？（爆）

武蔵＊＊駅はいくつある？

ＪＲ東日本の電車に乗るとドアの上に東京近郊路線図が貼ってありますね。私、これを眺めることがよくあるのですが、先日ふと、武蔵小金井、武蔵境……と〝武蔵〟とつく駅がたくさんあることに気がつきました。数えてみると、あるわあるわ、結構あります。そこで時刻表の路線図で調べてみました。

ＪＲ中央線　武蔵小金井、武蔵境
ＪＲ五日市線　武蔵引田、武蔵増戸、武蔵五日市
ＪＲ武蔵野線　武蔵浦和
ＪＲ南武線　武蔵溝ノ口、武蔵新城、武蔵中原、武蔵小杉
ＪＲ鶴見線　武蔵白石
ＪＲ川越線　武蔵高萩
西武池袋線　武蔵藤沢、武蔵横手
西武新宿線　武蔵関
西武山口線　武蔵大和
西武拝島線　武蔵砂川
東武東上線　武蔵嵐山
東急目黒線　武蔵小山と全19個もありました。まだありますかね？　ご存じの方いますか？

そもそも武蔵の名前の由来を調べてみると、飛鳥時代には武蔵国が成立しており、室町時代（武田信玄の頃）には現在の東京都、埼玉県、神奈川県辺りの地名が武蔵でした。よってその地名がまだ現在まで残っているのでしょう。

自称読書家です

読書大好き、書店大好き！

最近、読書論について非常に面白い本を2冊読みました。まず、今日は自分なりに思っていることを語ります。

日頃、私多くの本を読んでいるわけではありませんが（特にこの頃電車に乗るとすぐ寝てしまいます）、小説、エッセイ、専門書、雑誌、まんが何でも読みます。特に、注意していることは限られた時間の中で読む本を、十分厳選することです。

本の情報は、雑誌などでの紹介、実際に本屋へ行って少し読んでみることにより得ています。中には買って、実際に読んでみて面白くない、どうしてもなじめない本というものがあります。そのときは読むのを止めてしまいます。時間がもったいないからです。

読むときは感銘を受けた部分、印象に残った部分には必ずそのページを折り、マーカーをします。その本を読み終わってからもう一度読み直すためです。そして自分だったらどう思う、どう行動する、どう言うというのをじっくり考えるのです。読書はこの部分が大切だと思います。

つまり、読書は普段自分が置かれている環境とは全然別の世界を体験できます。そこで、自分がいかに入り込み、自分のものにできるかが大きな価値に繋がると思うのです。

皆さんは本屋さんにはよく行きますか？　私は土日には必ず地元の本屋さんへ行きます。本屋さんの雰囲気が大好きなんです。何時間いてもあきません。

まず最初に店頭においてある新刊書をチェック。世の中の流行や動向などがよく分かるんですよね。次に文庫本コーナー。それぞれの出版社のお勧め本を知るのが面白いです。読んでみるとなるほどと感心することが多いです。世の中でコストパフォーマンスが最も高いものは卵と文庫本だと思っています。漫画コーナー、常に「島耕作シリーズ」の出版をチェックします。新刊があると飛び上がって喜びます。

ノウハウ本。これも面白い。ありとあらゆるジャンルがありますよ。結構「目からうろこ」がありますよ。残念なのはすぐ忘れてしまうことです。

ビジネス書。柄にもなく結構読みます。多摩のビジネスマンなもんで……。

雑誌はパソコンもの、自動車もの、スポーツもの、鉄道もの、飛行機もの、ちょい悪おやじ系のもの、ジャンルを問わずチェック。面白いのが婦人雑誌。結構きつい記事がある。H系。周りに人がいないことを見はからってこっそりチェック（買わないですよ）。

お店屋さんの中で、飲み屋さんの次に本屋さんが好きです。

一番尊敬する芹沢光治良先生

皆さん、作家の芹沢光治良を知っていますか？

芹沢光治良先生の作品で有名なのが超大河小説『人間の運命』です。日本の最高峰である芸術院賞を授与されています。また、芹沢光治良先生は川端康成の後、日本ペンクラブ会長に就任しています。国際的にも有名で、各国で小説が翻訳出版されています。日本文学界では川端康成の前にノーベル文学賞を受賞するのではと言われていました。

私が芹沢光治良先生を初めて知ったのは1991年。日野駅の前にあるコンビニが昔は大きな本屋でした。そこで、ある本が目に付くというか、その本の前で体が動かなくなるというか、芹沢光治良著『神の微笑』という小説と出会いました。芹沢光治良先生が晩年90歳で書き上げた宗教的な小説です。それからの私はそのシリーズものを7巻読み、完全にファンというか、芹沢教の信者のようになりました。

何せ沼津にある芹沢文学館の会員になり、1カ月に1回の会誌で情報を知り、1年に1回は文学館を訪れるようになりました。

芹沢光治良は私の30代後半から40代にかけて相当な影響を与えています。日本の歴史、天皇の存在、戦争の悲しみ、人間の本質を常に考えること、宗教観、親子のあり方、仕事観などなど。勝手ながら我が師と思っています。

私のこれからの人生でやりたいことの一つとして、『芹沢光治良文学館』（新潮社　全12

巻）を熟読し、芹沢光治良観をまとめるというのがあります。1巻読むのに1カ月以上はかかる大書です。

長編　甲州街道を歩く

甲州街道を歩く　第1弾　日野～藤野

今年中に日野～大月59キロ1日ウォーキングを実施しようと思いま……、自分のお尻に火をつけてしまいました。有言実行しなければ……。

まずは、先行トライということで、数日に分けて全行程を歩き、課題の摘出と解決策の検討をすることに致しました。

5月21日（土）にその第1弾を実行したわけです。どこを、どう歩いて、どこまで行ったかについて実況中継風に報告致します。まずは甲州街道について少し勉強致しましょう。

「甲州街道といえば国道20号のことだが、江戸時代は『甲州道中』と呼ばれ、江戸から信州下諏訪までの街道だった。全長２２０㎞（55里）、宿場数が45あった」

八王子は横山宿、八日市宿が本宿で他に八幡など次々と宿場が開設され、八王子横山十五宿と呼ばれ、街道最大の宿場だったようです。

だから、現在、八王子は多摩地区最大の都市なのですね。

それでは、出発致します。日野坂バス停近くに現代の一里塚、日本橋から40キロの標識があります。近くのコンビニでおにぎり2個とお茶を購入。

朝4時35分、ここをスタート地点としました。食べながらの歩行です。体は軽く、足も軽快です。右に日野自動車の工場が1キロほど続きます。やっぱ歩くと広さを感じますね。コニカミノルタから大和田にかけて、メイン道路沿いに民家が多いですね。門構えや塀がご立派です。たぶん昔の農家なのですね。普段、車やジョギングで走っている道も、こうして歩いていると景色が全然違います。ゆっくり考え事もできますよ。浅川の大和田橋を渡り、右折します。ここで、早くも4キロ、時間は5時20分です。

その後、八王子警察署を通過。今は昔、ちょいとお世話になったことがありまして。小走りに通過。ほんとロードタイプの自転車が多いです。入社した頃、私も乗っていました。一番きつかったのは、江ノ島までのバイクのツアーに私一人自転車で参加した時でしたね。

元横山町の交差点を通過。しかし、八王子は交番が多いです。早朝だというのに、しっかりおまわりさんがいて、こちらを睨んでいる。目と目が合って、私またも小走りに通過(何も逃げることないじゃないのさ)。確かこの辺に、昔、宮城ラーメンという店があってよくチャーシュー麺を食べに来たなあ！

大横町の交差点通過。交差する国道16号線はなんかスッキリしている？　そう、電信柱が1本もないんですね。それにしても吉野家などの牛丼屋系が多いですね。どこも混んでいる。朝から牛丼ですか？　ちょっと胃にもたれるなあ。そんないろいろなことを考えていたら、5時57分、陣馬街道との分岐点、追分町に到着。スタートから7キロ、時間にすると1時間22分。まずまずのペースです。

追分は、甲州口の警備と治安維持を担った八王子千人同心の本拠地でした。ここには今でも千人町という地名があります。八王子も歴史的に勉強すると面白いかもしれませんね。

まずはイチョウ並木の勉強です。

「国道20号沿いには追分町交差点から高尾駅入り口交差点までイチョウ並木が続いているが、これは大正天皇の多摩陵造営時に植えられたものである」

追分町交差点を少し進むとケンタッキーフライドチキンのお店があります。まだお店は開いておりませんでしたので、カーネルおじさんは重いのにしっかりと家の中にしまわれていました。今は昔、遠く新潟長岡の土地で、数人の酔っ払い学生さんたちが夜、カーネルおじさんをかついで誘拐、寮に連れて帰る。朝、罪の意識に目覚めた学生さんが公衆電話まで運んで行っておじさんの家（店）に電話、「もしもし、カーネルおじさんだけど、〇〇町の公衆電話にいます。迎えに来てください」と。その再発防止が日本全国のお店で実施されているのでしょう。

西八王子駅前通過。懐かしい〜。大月の前は、長房団地近くのアパートに住んでいました。西八王子駅から会社に通っていたんすよ。イチョウ並木の緑がきれいな所です。アパートの6畳と4畳半の部屋に会社の人が20人以上集まって大忘年会をやりましてね。ドンチャン騒ぎのあと、半分ぐらいの人が泊まったような？　昔はすごかった。そばやの大村屋通過、まだあるんすね。前を行くジョギングのおじさん。おらのウォーキングのほうが速いべ。抜かしますよ。

並木町交差点通過。左へ行くと散田立体。まだまだ、体は快調です。国道20号線はここで少し右へカーブします。すると前方に霞のかかった高尾山が見えてきます。結構、高く感じますね。この辺のイチョウの木は少し小ぶりです。

多摩御陵通過。多摩御陵は、大正天皇陵・貞明皇后陵・昭和天皇陵・香淳皇后陵の4陵が造営されている皇室墓地です。昭和天皇崩御の時、私ここへ来て最後のお別れを致しました。昭和天皇を尊敬しています。

熊野神社通過、ちょうどここで10キロ、2時間。1時間5キロ歩行のハイペースです。

高尾駅通過。高尾駅前交差点でイチョウ並木はここで終わります。追分の交差点から4・2キロの間に、768本植えられているそうです。さらに進むと、設計部時代、S室長とよく来たカラオケスナック（ママの名前が東海道山陽新幹線広島行・特急〝ゆかり〟だったかな？）がインド料理屋さんに変わっていました。寂しい〜！　おらは大月行の終電まで、S室長はさらにそれから2時すぎまでいたそうな。いつも締め出されていたそうな。歩きながら、思い出し笑いをしてしまいました。

6時55分、中央本線のガードをくぐり、100メートルほど先の西浅川交差点を右に入ります。出発して、2時間20分、距離11・5キロ歩行です。

相模湖方面へ抜けるルートは、大垂水峠と小仏峠があります。私は、まだ一度も行ったことがない小仏峠越えを選択しました。舗装道を登って行くと、左に大きな駒木野病院があります。病院を見たせいもあって、少し歩行ペースを落とすことに。

先週、月・火・水（万願寺コース）のジョギングと木曜日自動車技術会テクノロジー展で半日歩き回っていたので、左股関節のボールジョイントを痛めてしまいました。少し稼動条件を緩めてやらないと……。

駒木野のバス停あり。小仏行きが7時17分にある。誘惑に襲われる……我慢。圏央道のジャンクションが見えてきたら、元気が戻ってきました。

東名方面へ行く圏央道の橋の形と黒色は、山々の緑にマッチして良い景観であります。地元で圏央道反対運動が盛んだったので、建設者側も相当気を使ったのではないかと思われます。自分もエンジニアなので、その背景はたいへんよく分かります。

圏央道の橋を潜って、蛇瀧（じゃたき）水行道場入り口へ。何かすごい名前ですね。少し行くと裏高尾清明水老人ホームがありました。見上げていると向こうからもおばあちゃんたちがこちらを見下ろしていました。

裏高尾地区は、大きな病院や老人ホームがほんと多いです。「生きることはどういうことなのか」と考える環境にあるのかもしれませんね。

摺差バス停。手作りのお豆腐屋さんがあります。いいにおいがしています。ここで、先ほどの小仏行バスが追い抜いていきました。

山間を行くバスがノンステップ低床バスというのもミスマッチのような。アプローチアングルが気になります。しかし、山々の緑がきれいだなあ。

裏高尾バス停通過。少し登りがきつくなってきました。右を見ると、山間を中央線東京行快速電車が走っていきました。おっと左に釣堀が。浅川国際マス釣場です。ここかあ、大月から出勤の時いつも見えていた釣堀は。でも、何で〝国際〟なんでしょうかね。まっいいか！

ここで登山姿のおばさんお2人を追い抜き。帽子、ワークシャツ、登山ズボン、登山靴の完全な登山グッズ。ここで自分の姿かたちに気が付く。おいらは？　アディダスの黒スポーツTシャツと黒短パン、バレーボールシューズ、明らかにバレーボールスタイル。ちょっと登山にはミスマッチのような。まっいいか！　それに、おばさんたちはゆっくり景色や草花を楽しみながら歩いている、おいらはほとんど小走りに真っすぐ歩いている。おばさんたちは普通甲府行、おいらは特急スーパーあずさといったところでしょう。

「人生、ゆっくり、楽しみながら、味わい豊かに」そう考えました。

小佛山、民家の軒先でおばさんが、お弁当、うめぼし、山菜のてんぷら、おはぎ、その他を販売しています。疲れたときには甘いものがよいかと、どでかいおはぎを買いました。100円。うま〜！　パワー充塡120％（古！）。狭い舗装道が蛇行して山肌を登ります。

舗装道終わり地点到着。他県ナンバーの車が10台ぐらい止まっていました。さて、ここから山道、休まないで一気に行こう！　小仏峠まで頑張ろう！　とは言ったものの結構きつい山道でっせ。

ジョギングで駆け下りるおじさんとおはようございます。シャキッとしなければ。でもね（まてまた長山洋子演歌調でどうぞ）息が、ハアハア、きついきつい。

小仏峠着。標高548メートル。ヒィーヒィー、汗びっしょり。高尾駅から7・3キロでした。

日野を出てから、3時間50分、17・8キロ。なかなかのペースです。山の頂上から山々（名前？）がきれいに見えています。ちょっと休憩します。日野〜大月59キロ歩行のときは、大垂水峠ルートにします。小仏峠ルートは距離は短いが坂がきつくてスタミナの消耗が早い。だども、だいぶ、おはぎに助けられています。さて、この先、山道を下ります。

まだ小仏峠にいます。広く平らな広場になっており、木の椅子に10人くらいの登山者が休んでいます。

休憩15分、8時40分出発です。小原宿に向けてひたすら下ります。八王子側と比べると段差が多く、歩きづらいです。ただ、ひたすら下ります。

舗装の車道に出ました。美女谷温泉入り口とあります。名前に誘われてちょっと横道へ。デヘへ美女谷温泉着。なんだ、ごく普通の建物のひなびた温泉宿だっぺ。でもね（またまた長山洋子演歌調でどうぞ）お風呂好きの私は入りた～いのを我慢。上空を通る中央高速の下を過ぎ、三叉路を左に行って美女谷橋を渡ります。

9時30分、日差しが暖かく、緑がきれいです。快調です。

突如、山の中に中央線沿線の線路修復車（？）の基地が現れる、鉄道好きの私も知りませんでした。何でここに？

国道20号の底沢バス停に出ました。何だかホッとしましたね。国道を少し歩くと小原宿。右に本陣の旧清水家住宅があります。神奈川県では東海道を含め、建物として現存する唯一の本陣。建てられてから200年ほどらしいです。宿場の雰囲気が感じられる国道を進みます。

国道20号線から相模湖ダムが見えました。絶景かな絶景。すばらしい！

相模ダムの勉強です。

「1941年着工、1947年完成。ダム湖の相模湖は総貯水量6300万トン。戦後一貫して、京浜工業地帯の貴重な水源、電源として、また東京圏のスポーツ・レクリエーシヨンの場としての役割を担ってきました。今でも神奈川県の16%の水を供給する『水がめ』であり、休日には多数の観光客が訪れます」

国道20号線を右折して相模湖駅に到着。10時2分です。やれやれ。日野を出てから、5時間27分、歩行距離25・1キロ。なかなかのペースです。さて、相模湖駅で休憩です。なかなか観光地ぽくって良い雰囲気ですね。ハイキング客と地元の方々たちとのミックス。平日はそれに通勤者が混じって面白そう。

相模湖駅にいます。休憩8分、10時10分出発です。もうひとふん張りしますか！

国道20号線を西へ。上下線とも非常に混んでいます。ダンプが多いですね。与瀬神社を通過。この辺から歩道がなく、真横すれすれに車が通り、危険です。

左に大きくカーブする所にラーメン屋がありました。昔は看板に「日本一まずいラーメン」と書かれていましたが、今はありませんでした。噂によると、本当にまずかったらしい、今は？

道が狭くなりました。歩道がなくてさらに危険です。本番歩行のときは、目立つように派手な色の服が必要です。また、交通量の少ない平日の歩行とすべきかもしれません。危険回避のため、広い所まで走ってしまいました。まだまだ体力は温存されています。

国道20号線から下の相模湖を見下ろしています。上流の橋の姿がきれいです。カーブのときのトラックの内輪差が非常に危険です。特にロングホイールベースの前二軸車。早く、後輪操舵にして内輪差を小さくすることを提案します。3年前は誰が担当でしたっけ？

中央道相模湖インター入り口。だいぶ車の量が減りました。しかし、相変わらず、大型車、乗用車、バイク、自転車、歩行者（私）のバトルが続いています。

藤野郷土資料館通過。無料とありますが、とにかく急ごう。

11時10分、ようやく藤野駅着。頑張りました。

本日の歩行時間（含む休憩時間）6時間35分、距離は29・6キロ。1時間に4・6キロのペースです。山道を含めると速いほうかもしれません。

さて、自分にご褒美、ビールをどうぞ。このようなときはすっきり辛口ドライ系ですね。駅前のスーパーにて購入しましょう。

11時21分、甲府行普通列車に乗車。まずはカンパ〜イ！　あまりの旨さに涙ぐむ。ところで体は？　結構疲れている、足の筋肉が相当痛い。本番はこの倍の距離を歩かねばならない。相当ハードルは高い。体の訓練が必要です。最大の課題は、体力を持続させることと歩行安全です。

また、今回の先行トライの課題の摘出から以下の改善が必要です。（1）小刻みの休憩を取る（2）平均4キロ／1時間とする（3）途中栄養を取る（4）走らない（5）山道は避ける（6）景色や草花などを観て、心を和ませる（7）派手な服を着て、車に注意を促す（8）交通量の少ない平日に実行する。

最後に何でこんなことをするのですか？

「大切なことは『失敗は失敗と認めて、それを踏み台にして、前に進んで行く』つまり、失敗を恐れず、何事にもチャレンジして、失敗したら、再発防止をしっかりやってまた前に進む。常に歩くこと」と自分に言い聞かせました。

11時45分大月駅着。酔いも回って、ご機嫌モードで電車を降りました。皆さんも歩いてみませんか？

甲州街道を歩く　第2弾　藤野～猿橋

7月17日は〝甲州街道を歩く第2弾〟です。5月21日に第1弾で日野から藤野まで歩きました。今回は藤野から大月です。

まずは電車で日野からスタート地点の藤野駅まで行きます。日野のアパートを4時30分出発、途中駅前のコンビニでおにぎり2個とお茶を購入。外はもう暑いです。日野駅のホームで優雅に朝食を。平日なのでサラリーマンが出勤していきます。優越感あり。空を見上げると東の空が朝焼けで赤くきれいです。

4時59分高尾行。電車の中で今日のルートを確認。おっと、もうビールと柿ピーを飲みながらご機嫌なおじさんグループがいます。うまらやしい～。完全にＯＦＦ状態ですね。

5時14分、高尾で乗り換え、中央線電車は第1弾で歩いた小仏峠辺りを走ります。私、電車の中で食い入るように景色を見ています。緑が5月の時に比べて濃くなっています。駒木野病院、圏央道のジャンクション、裏高尾清明水老人ホーム、浅川国際マス釣場。同じ景色でも、歩きながら見るのと電車の中から見るのとでは全然違いますね。たまには人生ゆっくりと。

藤野駅5時27分着。駅を出ると、かつて5月に這うようにゴールした時と今回の新たなるスタートの時では、同じ景色でも全然違います。置かれている状況、精神状態、体調によるものですかね。それでは〝甲州街道を歩く第2弾〟、藤野駅を出発致します。

「ちょっと！　あんた！　前置きが長いわよ！」美川憲一風。

5時30分、藤野駅を出発致しました。藤野は日野よりもだいぶ涼しいです。国道20号線を大月に向かいます。50センチ幅の歩道があり、何とか安全に歩けます。

東京日本橋から70キロの標識があります。今日はここを基準点と致します。参考までに日野坂バス停近くの標識40キロです。つまりここは日野から30キロ離れていることになります。

20トンダンプやカーゴが多く行き交っています。ついついライバル社の車両構造調査をしたくなります。おっとダンプがぎりぎり横を走って行きました。

71キロポスト通過。10分で1キロ。6キロ／1時間のペース。速すぎますね。

左に石屋さんがあり、観音さまがやさしい顔でこちらを見ています。「おはようございます」と元気にご挨拶で皆のモチベーション向上。

国道20号から離れ左に曲がります。旧甲州街道です。木々で薄暗くなっています。どんどん道は下っていきます。境沢橋。川は100メートルほど先の相模川に注いでいます。橋を渡り、相模川（山梨では通称桂川）の前で広い道路に合流します。今度は結構長くきつい上り坂です。日が照ってきたので早朝から汗だくだくです。昔の人はどんな想いで歩き旅をしていたのでしょうかね。

ヘアピンカーブの急坂を進み、上りきるちょっと手前に諏訪番所跡がありました。と思いきや上野原自動車教習所があり、新旧マッチングです。

ここから、のどかな住宅街が続きます。どの家の庭にもきれいなお花が咲いています。塚場一里塚跡付近で中央高速を跨ぎます。平日なので空いています。しばらく行くと、国道20号線沿いの上野原の街並みが見えてきました。

新町交差点で国道20号線に合流。上野原商店街です。おいら都会っ子のため商店街を歩いているとウキウキしてしまいます。確かこの辺を右に行くとS室長の家、かな？　今頃、ロシアで頑張っているだろう……。なんて考えています。

「がんばろう日本！　お買い物は上野原商店街で」の黄色地に青の文字の旗が揺れています。

酒まんじゅう屋さんがいたるところにあります。これは上野原の名物です。これが旨いんですよねえ〜。でも、朝早すぎてどこもやっていません。

74キロポスト通過、4キロ／1時間のペースで、いい感じです。

小菅、あきる野方面へ右に行く道あり。おいらは真っすぐ進行。

6時37分、上野原市役所。クリーム色と白のモダンな建物。さわやかで清潔感があって、健全な市制を窺うことができます。大月市役所も頑張りましょうね！

ここで、国道20号線といったんお別れです。大きく右に曲がります。今回は、旧甲州街道ルートで、鶴川宿、野田尻宿（談合坂サービスエリア付近）、犬目宿を通って鳥沢へ出ます。

本番は、国道20号線を上野原〜四方津（しおつ）〜梁川（やながわ）〜鳥沢ですが、今回は昔の旅人を偲んで旧ルートを選びました。距離では相当な回り道であり、起伏も相当激しいはずです。挑戦です。

のどかな民家と野菜畑の間の細い道を歩いています。人生まわり道も大切だ、なんて。

県道に出る。スーパーマーケットがありますなあ〜。山梨の険しい山が見えていますなあ〜。

6時52分、なんか変？　中央高速道沿いを歩くはずが中央高速道が見えていない？　なんか変？　まずい、いつの間にか道を間違えている。

「イッツ・ア・トラブル！　トラブル！　メーデー！　メーデー！」（航空機が非常事態に陥り、助けを求めている様子）このままでは、小菅村、あきる野市へ行ってしまう。「イッツ・ア・トラブル！　トラブル！　メーデー！　メーデー！」近くを歩いているおじいさん（初老）に道を尋ねました。「道を間違えました。談合坂方面へ行きたいのですが」「道がむずかしいので、途中まで一緒に行ってあげましょ！」

おじいさんは、旅人を引き連れて、けもの道に入っていきました。おじいさんは、この辺に住んでいて、脳溢血のリハビリのため、毎日歩いているそうな。八王子で大工をやっていたが去年倒れて八王子の東海大学病院に半年間入院していたそうな。最初は杖を使わなければ歩けなかったけんど、今はだいぶ歩けるようになったそうな。この辺の集落は「桑原」「加藤」という名前が多いそうな。

そこの畑を耕しているおっちゃんはつい最近まで神奈川県警のおまわりさんだったそうな。おじいさんと旅人は、けもの道から広い道に出ました。はるか向こうに中央高速道が見えています。おじいさんは旅人に近道を教えてくれました。旅人はたいへん親切なおじいさんに最敬礼をしてお礼を言いました。おじいさんはほんとに良い笑い顔でその場を去っていきましたとさ。

7時10分、中央高速道に向かって歩きます。きれいな川を渡り、畑を超え、田園地帯を歩きます。相当暑くなってきています。汗だくだくです。近く見えても遠いは中央高速道。

やっと中央高速道鶴川大橋付近に到着。上野原市役所から直線で1キロくらい。それを約50分もかけてしまった。「人生いろいろ」が脳内に流れます。まわり道をしたことにより、人の親切に出会えたのでした。しかし、すでに体力と気力はだいぶ消耗しています。暑さのせいでもあります。ここから中央高速道沿いをひたすら談合坂に向かって歩きます。アップダウンが相当きついです。

ひたすら歩いています。前から、青い空、白い入道雲、深緑の山々が応援してくれています。頑張れ～！

ひたすら歩いています。蟬が鳴いています。暑じ～！

7時55分、中央高速道の標識に談合坂サービスエリアまで1キロの標識が出ました。人って、目標が見えると頑張れるもんですね。それまでは、半分ふてくされて歩いていましたが、ここで変身！　頑張ろう！　まだまだ上り坂は続きます。

8時7分、下り談合坂サービスエリア左上の道を通過中。しかし、広いですなあ。また、上から見ると雰囲気も全然違いますなあ。ここからの入り口がありました。汗だくのおじさんは場違いなのでパスすることに。一気に鳥沢を目指します。

上野原市立甲東小学校を通過？　あんれ、まだ上野原市かえ？　と同時に、誰もいないけんど、もう夏休み？

ただひたすら歩くのみ。白、藍、紫の紫陽花が応援してくれます。

中央高速道を矢坪橋で跨ぎます。今度は中央高速道の右側沿いを歩きます。左側に上り談合坂サービスエリアが見えています。相変わらずアップダウンが続いています。ヒイーヒイー状態になってきました。

8時46分、道からせり出した見晴らし台がありました。ここからは絶景ですね。もう少し天気が良ければ富士山も見えるのでしょうね。

8時55分、さて、次のコメントを書くか……小型ノートは？　な・な・ない！　落としてもうた。どうする、どうする、どうする？　今日の朝4時からのコメントを細かく書いてある。ブログネタが書いてある。おいらの財産である。戻って探すか？　暑くて相当体力を消耗している。このまんま行くか？　お金だけが財産ではない、思い出も財産である。戻って探すことに。

8時57分、なんか変？　やたら下っている？　来た道と明らかに景色が違う。なんか変。まずい、いつの間にか道を間違えている。このまんまでは、大野貯水池、四方津へ行ってしまう。

とにかく戻ろう。それにしてもきつい坂です。体力が消耗していきます。やっと元の道にたどり着きました。ここからノートを探しに逆行致します。いずれにしても、8時46分に道からせり出した見晴らし台でノートにコメントを記入しているので、そこまでのどこかにはあるはず……。しかし、このようなリカバリーって気力が失せますね。パソコンで一生懸命入力したデータが一瞬のうちに消えてしまうときもそうですよね。

9時15分、落としたことに気がついた場所に戻りました。あった！　お金だけが財産ではない、思い出も財産である。リカバリーに20分もかかってしまった。ここでもまた「人生いろいろ」が脳内を巡ります。すでに体力と気力がだいぶ消耗しています。暑さのせいでもあります。気を取り直して頑張ろう！

犬目宿着。特に何もないなあ！

君恋の温泉着。なんて素敵な名前なんでしょ。お風呂好きの私、入りたいのを我慢。ここから下り坂、少しは楽になってきたかな。ここからひたすら下り坂。とにかく、国道20号線を目指す。

30分無言で歩行。国道20号線が見えてきた。それにしても暑い。

国道20号線着。うれちい～！　やれやれ、これで一安心。国道を西へ。鳥沢駅で水分補給をしないとやばい。

10時20分、ヒィヒィ～。やっと鳥沢駅着。ところで駅前のコンビニは？　な・な・ない。止めてしまったみたい。次に進もう。

這うようにコンビニに到着。まずは汗が絞れるシャツの交換。そしてポカリ500cc補給。生き返った！　それではすぐ出発。猿橋を目指す。ここからはいつもの行動範囲圏だっぺ。

今回の歩き旅は、駅で言うと上野原の次の四方津、梁川分を相当遠回りしてきた。まだ、何キロ歩いたかは分かっていない。

鳥沢体育館入り口付近歩行中、ロシアから国際電話あり。S室長、地球の裏側で頑張っている。私も、気を引き締めてもう少し頑張ろう！

宮谷橋通過。照りつく太陽。暑い。そろそろ足にもきた。

新猿橋手前を旧道に右折。90・2キロポストあり。

木造の猿橋を渡る。結構涼しい。やっと着きました。橋のたもとの公園のベンチでお休み。今回、藤野を5時30分に出発して初めて座って休憩しました。

猿橋は「江戸時代には『日本三奇橋』の一つとしても知られ、甲州街道に架かる重要な橋であった。現在では現存する唯一の刎橋である。猿橋は現在では人道橋で、長さ30・9メートル、幅3・3メートル。水面からの高さ31メートル」とのことです。

休憩して少し余裕が出てきました。さて、この先、どうするか？

11時15分、猿橋のたもとの公園にいます。大月の自宅まで残り5キロ、時間にして1時間です。目標としていた11時30分着は無理になりました。11時30分は家内が午後出かけるため、今回の行程をシミュレーションして設定した時間です。よって、ここ猿橋をゴールと致しました。ほんと暑い中、トラブルに見舞われながらよく頑張りました。

本日の歩行時間（休憩時間ほとんどなし）5時間40分、推定距離24・5キロ（国道換算距離20・4キロ×1・2倍、まわり道分）。1時間に4・3キロのペースです。

11時20分、家内に車で迎えに来てもらいました。帰る途中でご褒美にビールを買ってもらいました。

11時30分、大月の自宅着。大月は外に出るとめまいがするほど暑いです。まずはご褒美ビールをどうぞ。ドライなビール！　そのあと、昼寝で爆睡。それでは、今回の第2弾の問題点と課題です。第1弾実施後の課題に対するコメントです。

（1）小刻みの休憩を取る　NG。ゴール時間を設定しており、途中トラブルが続いたのでほとんど休憩をとっていない。

（2）平均4キロ／1時間とする　NG。4・3キロ／1時間とまだ速い。

（3）途中栄養を取る　NG。途中、水分しかとっていない

（4）走らない　OK。暑くて走れなかった

（5）山道は避ける　NG。ほとんどが山道だった

（6）景色や草花などを観て、心を和ませる　OK。空、雲、山、川、花などに癒されながら歩くことができた。

（7）派手な服を着て、車に注意を促す　OK。ユニクロで黄緑色のウエア購入。

（8）交通量の少ない平日に実行する　OK。木曜日に実施。

また、第2弾での新たなる課題です。

（9）到着予定時間は、途中トラブルも考慮して余裕を持った時間とする。
（10）夏場は想像以上に暑い、熱中症が懸念される。日野〜大月本番は涼しい秋とする。
（11）さらなる体力が必要、トレーニング強化が必要。
ところで現在の体は？　相当疲れている、足の筋肉が痛い。疲れは第1弾以上、暑さのため体がだるい。あと1時間歩行したら、熱中症になっていた可能性あり。

甲州街道を歩く　第3弾　猿橋〜甲斐大和

8月13日（土）4時起床。外はまだ暗く涼しいです。家内におにぎりを作ってもらい、猿橋まで車で送ってもらいました。

4時55分、猿橋出発。東京から90・3キロポスト。一昨日、昨日と大掃除で頑張りすぎてちょっと体が重い。猿橋の街並みは歩くとまた違う雰囲気です。

0・7キロ歩行。自動販売機でお茶を買って、さっそくお手製のおにぎりを。元気が出てきました。なんだ！　おなかが空いていただけなのね。

1・4キロ歩行。猿橋駅通過。空が曇っています。みやた歯科がある。よくお世話になりました。

右に岩殿山が見えはじめました。岩殿山については4年前岩殿城主小山田氏の歴史的背景として論文を書きました。武田勝頼を自害させた理由を明確にしました。私にとってとても想いの深い山であります。耳を澄ますと、ほら貝の音が聞こえてきそうです。

5時21分、東京電力駒橋水力発電所の山の傾斜に設置されている発電用の2本の太い水圧管路を跨ぎます。

駒橋発電所は１９０７年に運用が開始された、付近で最古の発電所です。電力需要の高まった東京へ長距離送電を開始した草分け的存在でもあります。

このように、大月にはなかなか知られていない名所がたくさんあります。

右の中央本線を特急車両の回送列車が2本続けて東京方面へ走り抜けて行きました。回送列車って、電力消費の面、運行効率の面で無駄なような気がしますね。

大月の街並みに入ってきました。パジャマ姿のおじさんが堂々と歩いています。見たくねぇ～。

市立図書館前を通過、小山田氏の歴史的背景の調査ではよく通いました。三嶋神社を通過、身近な神社と思いきや、とてつもない歴史を持っています。確か、建立が西暦６００～７００年代です。そのすぐ近くのカラオケ屋、営業しています。徹夜で歌っている元気な人がいるのかな？

5時41分、大月駅手前、まずい！　おなかがゴロゴロなりだしました……。昨日水物を取りすぎたか？　スイカ大を4分の1、コーヒー3杯、ビール2缶（３５０ｃｃ）、酎ハイ（薄い目）を大ジョッキで3杯。とどめは、よっちゃんの酢いか……まずい、メーデー

メーデー！　大月駅改札口をスイカですいか（通過）、ダジャレを言っている場合ではない。こと足りて……。すっきりさわやか改札口を通過と思いきや「ブ～」。スイカでは駅入場はできません。初めて知りました。皆さん、気をつけてくださいね。

裏道から国道20号線に復帰。

大月市役所通過。せめて上野原市役所並みにきれいにしてください。市長殿。ところでそろそろ右へ曲がって大月浅利の自宅へ帰らないのでしょうか？　これで今回の〝甲州街道を歩く〟の目的、日野～大月歩行は達成のはずなのに……。

自宅へ帰るはずが、国道20号線を西に向かって歩き続けています。

これには、H主管にいただいたコメントが関係しています。

「きっと、昔の人もいろいろなことを思いながら、街道を歩いたのでしょう。歩く速さで物事を考えることも、たまには大切なことなのではないでしょうか？　大変だとは思いますが、日野～大月間を踏破した暁には、その先の大月～甲府～下諏訪も踏破目標にしてはいかがでしょうか？（他人事なので……）」

さて、どうする？　どうする？　どうする？

ここに、下諏訪まで歩くことを宣言致します！　言ってもうた！

大月橋を渡っています。はるか下を桂川（後に相模川）が流れています。橋の上に東京から95キロポストがありました。猿橋を出発して1時間、4・7キロのハイペースです。すれ違いのおばさんが「おはようございます」のご挨拶。コミュニケーションは挨拶からですね。気持ちが晴れ晴れ気分になりました。

いつもの街並みも歩くと違いますね。それにしても大月は、歯医者さんと床屋さんが多いです。

星野家を通過。星野家は、代々甲州街道・大月宿の西隣にある花咲宿の名主を務めていた旧家です。下花咲宿の本陣であり、幕末には薬の商いも行っていた他、農地解放前には25町歩ほどの田畑を所有し、養蚕では100貫ほどの収穫があったと伝えられています。

現在の当主は何代目かは分かりませんが、私の友達の友達です。テニスの名手です。現在、敷地内で納豆製造業を営んでおります。

中央高速大月インターを通過。あまり混んでいません。

大月警察署を通過。なぜか小走りになる。良きも悪きもすっかりお世話になりました。すぐ左横を中央本線が通っていますが、電線の支柱がだいぶ錆びています。危険ですから早めに塗装または交換してください（つい最近自宅の物置のペンキ塗りをしたペンキ屋さんより）。

7・3キロ歩行　うわ！　歩道がない。注意せよ。山間の狭い土地でも田んぼはあるもんだ。

真木温泉入り口通過。ここは、結構有名な温泉で静かな露天風呂と高級川魚＆山菜料理で人気があるそうです。1泊3万円以上？　私、お風呂だけ（500円）いただいたことがあります。おっと、道端にトンボが死んでいました。

8・2キロ歩行。居酒屋いなだ屋通過。ここの脂ぎった手羽先とコクのある煮込みは最高です。酎ハイも濃くしてくれます。その先、うわ！　半年前にネズミ捕りにひっかかった所。22キロ／1時間オーバー。その瞬間にずっと続いていたゴールド免許証がなくなりました。

8・7キロ歩行。真っすぐの道が続いています。前に笹子の険しい山々が雲でかすんで見えています。

9・3キロ歩行。「演歌」というカラオケ店あり。なぜか、ど広い駐車場がある。おや、今バイクに乗ってこちらに挨拶したおじさん、笹子の笹一酒造でバカ殿の格好をして案内係をしている「志村けん」（本名、確か常務役員）さんではありませんか？　私、よく出没するので顔見知りでして。

初狩の街並みに入りました。記念すべき東京から100キロポストあり。

6時55分、初狩駅前通過。猿橋を出発してちょうど2時間で10キロ歩行。5キロ／1時間のハイペース。涼しいので達成できている。時々のお茶補給で頑張っています。

田舎にしては、立派な歩道橋あり。誰も歩いていない。税金の無駄遣い？　と思いきや初狩小学校あり。子どもは国の宝です。交通安全で大事にしましょう。さて、足は快調に歩き続けています。まだまだ西に向かっています。

11・2キロ歩行。お庭に、まあ、きれいな赤いお花が。

11・7キロ歩行。ほんと山間の景色がきれいです。右が中央高速道、左が中央本線。緑の田んぼが続きます。少し青空になってきました。

村の掲示板に「コミニテー掲示板」と書いてある。クスクス笑い。おっとばかにしていたら、歩道がなくなった。危ない。思わず歩道がある所まで走りました。

13・1キロ歩行。薄日が差してきました。山間ののどかな景色。汗がしたたっています。笹子原を通過。笹一酒造も間近。

7時58分、15・5キロ歩行。笹一酒造到着。結構暑くなってきています。ピッタシ5・2キロ／1時間のハイペース。少し休憩しましょ。さすがにまだお店はやっていません。ちなみに営業時間は9時30分~17時30分。笹一の酒は、大吟醸酒で何度も国際コンクールで優勝しています。私は何度も試飲に訪れているので、その味はよく知っています。笹一のお土産ベスト5を見ると本業の日本酒よりもワインやうめ酒が人気あるのには驚かされますね。多角経営の企業戦略が成功しているのでしょう。志村けんさんも貢献しているのかな？

もう一つ有名なのは、等身大ロボットの〝居眠りじいさん〟がいます。スイッチを押すと動き出して笹子の昔話をしてくれます。今は、寿命（？）で壊れていて、置いてあるだけになっています。

また、大月紅富士太鼓団の世界平和太鼓が展示されています。２００1年7月にギネスブックに登録された太鼓直径世界一の太鼓です。「太鼓直径／4・8メートル／胴全長／4・95メートル／重量／約2トン」。大月紅富士太鼓団は、今では日本国内はもとより世界各国に出かけて親善公演を行っています。私の知り合いにも何人か団員がいます。私も一時期入団を考えたことがありました。

休憩中、S室長に電話。やっと、ロシアの認証が取れました。たいへんご苦労さまでした。地ワインで乾杯をしたいところですが、まだお店はやっていませんでした。

8時12分出発。足取りはいかが？　少し疲れてきました。

笹子駅通過。無人駅なのです。まもなく笹子峠です。さて、足は快調に歩き続けています。まだまだ西に向かっています。

国道20号線の登りがきつくなってきました。道沿いには笹子餅のお店がたくさんあります。

バス停あり。ん～！　9時8分大月駅行のバスあり。このままバスで帰って駅でビール飲んだら　ウフ♪　と頭の中を誘惑が走ります。我慢、我慢！

18キロ歩行。旧甲州街道笹子峠越えと国道20号線笹子トンネルの分岐点に来ました。選択に迷う。笹子峠越えは、距離としては倍で坂がきつい。天気も良くなり気温が上がってきた。たぶん途中に人はいないだろう。熱中症で歩みが止まったらやばい。薄暗い古い狭いトンネルがある。お化け屋敷が嫌いな私にとって鳥肌もんだろう。車で何度か通ったことがある。

一方、笹子トンネルは歩道がないはず。2960メートルの長さで空気も悪いだろう。しかし、一生に一回歩いてみるのも貴重な経験だ。とにかく行ってみよう！　笹子トンネル走破を選択。

8時53分、18・7キロ。トンネル入り口「人・自転車に注意」の看板がある。人の歩行の前例があるはずです。常に車の様子が分かるように対向車線側を歩くことにします。

空気が相当悪い。タオルでマスクとしました。大型トラックやバスが来たときは止まって、できるだけ端に退避することにしました。壁は真っ黒で触ると手が真っ黒になってしまいます。予想以上に厳しい状況です。

公団のパトロールカーが前方からやってきました。通報されたか？　特に何もなく通過していきました。

トンネル残り1330メートル（全2960メートル）、半分が過ぎました。相当な緊張と注意で歩行しています。たまにライトをつけない車両がやってきます。その時は、歩行停止し大きく手を振って存在を示します。

マスクをしているにもかかわらず、喉が痛くなってきました。靴紐がほどけてしまいました。かがむスペースがありません。

「イッツ・ア・トラブル！　トラブル！　メーデー！　メーデー！」

紐を靴に押し込んでと。

残り１０００メートル。相変わらず、いろいろな対向車が走ってきます。たまに自転車が走ってきて不思議そうに私の顔を見ていきます。いずれにしてもすごい経験です。

ずっと先に出口の明かりが見えてきました。頑張れ！

残り１３０メートル。

9時35分、笹子トンネル出口です。２９６０メートル、42分かかりました。それにしても空気がおいしい。光がまぶしい。歩道を歩く安心感がある。たいへん貴重な経験でした。二度と歩くことはないでしょう。皆さんはやめたほうがよいと思います。

22・1キロ歩行。道の駅甲斐大和に到着しました。Tシャツは汗びちょびちょでところどころ真っ黒によごれ、リックをしょっているなどで、皆ふしぎそうにこちらを見ています。冷たい水で顔と手を洗う、気持ちいい〜。うがいをすると最高〜。木陰のベンチは涼しく、蝉の声を聞きながらスポーツドリンクを飲む、こんなにうまいものだったかと。

9時55分出発。猿橋を出てちょうど5時間。日差しが強くなってきました。ただし、歩行がすごく楽です。緊張感から解放されたからですね。

景徳院入り口通過。景徳院は武田勝頼が自害し、武田家終焉の地。論文作成時取材に訪れました。

22・9キロ。人って不思議ですね。トンネルであれだけすごいことを経験すると、強い日差しや足の痛みぐらいはさほど大変には思いません。やはり、苦労はしておくものだと思います。甲斐の山々の緑はほんときれいです。

23・3キロ歩行。甲斐大和駅が橋の下にありました。国道20号線を右に曲がり駅に向かいます。

10時14分、23・5キロ歩行。甲斐大和駅に到着致しました。今回は、まだまだ体力的には余裕を残しています。

近くのコンビニで缶ビールを買いました。誰もいない甲斐大和駅のホームで、蟬の鳴き声を聞き、緑の山々を見ながら、ビールを飲んでいます。I'm off!　最高に幸せなひとときです。

ここ甲州市は甲斐大和、勝沼を含むフルーツ大国です。葡萄、桃、すいか、多々。私、ここへ来るといつも清々しい気分になれます。本日の歩行時間5時間19分、距離23・5キロ。1時間に4・42キロのペースです。

それでは、今回の第3弾の問題点と課題です。第2弾実施後の課題に対するコメントです。

（1）小刻みの休憩を取る　NG。笹一酒造と道の駅で2回。

（2）平均4キロ／1時間とする　NG。4・42キロ／1時間とまだ速い。

（3）途中栄養を取る　NG。途中、水分しかとっていない。

（4）走らない　OK。危険回避時のみ走った。

（5）山道は避ける　OK。笹子峠回避。

（6）景色や草花などを観て、心を和ませる　OK。空、雲、山、川、花などに癒されながら歩くことができた。

（7）派手な服を着て、車に注意を促す　OK。ユニクロで黄緑色のウエア購入。

（8）交通量の少ない平日に実行する　NG。土曜日実施。

（9）到着予定時間は、途中トラブルも考慮して余裕を持った時間とする　OK。到着時間の設定をしなかった。

（10）夏場は想像以上に暑い、熱中症が懸念される　OK。今回は前半曇りであった

（11）さらなる体力が必要、トレーニング強化が必要　OK。ジョギング&小刻みのウォーキング実施中

10時39分　高尾行の普通電車に乗る。

11時5分　家内に車で大月駅まで迎えに来てもらいました。

11時50分　大月の自宅　シャワーを浴びて、ご褒美のビールをどうぞ。やっぱりドライなビール！　そのあと、昼寝で爆睡。おやすみなさい。

甲州街道を歩く　第4弾　甲斐大和～竜王

8月17日（水）4時半起床。外はやっと明るくなってきました。だいぶ涼しいです。

5時53分、家内に大月駅まで送ってもらい、その後甲斐大和に向けて電車は出発致しました。車内では、おにぎり1個とお茶で腹ごしらえ（昨日の夜は、外食でえびそばとチャーハンを食べ、胃がもたれています）。13日歩いた大月～初狩～笹子の道が見えています。やはり電車から見る景色は概要を見るに留まってしまいますね。初狩駅には列車5～6本分のヤードがあって、ここに中央線通勤列車（赤い電車）の電車区を作る予定があったらしいです。もしそれが実現していたら、今頃はもっと大月・初狩行の電車が増えていたのでしょうね。

笹子駅で行き合った上り列車も結構混んでいました。皆どこへ行くのでしょうか。おそらくこちらもまったく同じ目で見られているのでしょうね。笹子トンネルは電車に乗っていても長いですね。さて、甲斐大和駅には6時11分到着しました。

6時15分、甲斐大和駅出発。東京から113・8キロポスト。曇りで涼しいです。国道

20号線に出るまでは、しばらく裏道を歩きます。甲州市大和小学校があります。とても小さな学校です。

国道20号線に出ました。心なしか車が少ないような。前をジョギングしているおじさんがいます。

日川を渡る。きれいな水が流れています。ここで三叉路。左へ行くと笹子峠です。左を見上げると、山の緑の中を中央高速道が走っています。鶴瀬宿を通過。大きな標柱があります。

薄暗い森の中の道を進行中。遠くから鉄砲の音が聞こえています。他県ナンバーの大型トラックが多く走っています。高速代を浮かせ、経費削減かな。

1・8キロ歩行　鉄砲の音がすごい。やばい。撃たないでくれ～。葡萄、桃畑が出現し始めました。いずれも実に袋が被せられていて、大事に育てられています。箱入り娘というより、袋入り娘という感じです。

鉄砲の音がさらに近くに。10メートル～15メートルくらいか？

3・2キロ歩行　空が明るくなってきました。

近藤勇像がありました。ここでお勉強です。

「柏尾古戦場。明治元年3月6日、近藤勇が率いる甲陽鎮撫隊は官軍と戦うが敢えなく敗走。近藤勇は4月25日処刑される」

なぜ、敗走した親分の像が作られたのか？　なぜ、ここにあるのか？　まっ！　いっか！　次、行ってみよう！（いかりや長介風でどうぞ）

４・１キロ歩行　勝沼町に入りました。涼しいので45分で４・１キロ歩行、超ハイペースです。

７時、国宝大善寺着。ここには、理慶尼が記した、武田氏が滅亡した「天目山の戦い」に関する資料が保管されています。

武田勝頼は、笹子峠を越えようとしたところ、小山田隊から鉄砲を撃たれてしまいます。小山田信茂は、どうしても岩殿城下（大月市）を織田・徳川連合軍から守るため、勝頼の行く先を変更させるために、威嚇射撃をさせたのです。勝頼一行は、天目山方面に左旋回しましたが、織田・徳川連合軍から逃げ切れず、景徳院で勝頼一行（妻、息子、側人たち）は自害するのです。なお、大善寺の理慶尼は勝頼の叔母にあたります。ここで、私が３年前の春に訪れたときのレポートです。

「つつじがきれいな入り口を通ると１００段の石段がある。圧倒されそうな重厚な山門をくぐる。両脇に2体の仁王がこちらをにらむ。石段は相当古い。上りきると薬師堂がある。さすが７１８年からの伝統があり、重い。中に入る。薬師如来像がいる。その両側には国指定重要文化財十二神将。すごい！　さる、いぬ……を表した仁王が12体。初めて見た。よく見るとそれぞれの特徴を表している。さすが国宝、すばらしい。勝沼にこのような荘厳なお寺があったとは！　勝頼討ち死に1日前滞在した叔母のいる寺である。なぜか悲しい」

先ほどの鉄砲の音は、岩殿城主小山田隊のもののような気がしてなりません。私に、「離反」ではないことを伝えたかったのかもしれません。甲斐大和、勝沼は、名門武田家終焉の地。歴史的に重要な土地でもあるのです。

7時5分、国道20号線バイパスと旧甲州街道の分岐点です。雲で霞んでいますが、雄大な甲府盆地が一望できます。旧甲州街道を右旋回します。一面葡萄畑だらけです。朝の葡萄畑は輝いていてほんときれいです。雰囲気最高〜。甲州市は甲斐大和、勝沼を含むフルーツ大国です。葡萄、桃、さくらんぼ、多々。景色もどこかスイスの丘陵地帯に似ています。私、ここへ来るといつも清々しい気分になれます。ここで娘に頼まれて作った私の作品を一句。

「むらさきの　ぶどう畑に　白い雲」（大月市文化祭　小学校部門　第2位を獲得。選考の先生方は、誰が作ったかわかっていたのであえて1位にしなかったそうです）

いよいよ勝沼ぶどう郷。足取りは快調です。

足はますます西に向かっています。いよいよ勝沼ぶどう郷に入ってきました。

ワイン民宿　鈴木園。なんかおしゃれ〜って感じ。ワイン飲みてぇ〜。

勝沼氏館跡あり。勝沼氏は、甲斐守護武田信虎の弟である信友に始まる武田氏の親族衆で、東方にある郡内領（大月方面）の目付として、また峡東地方の支配を任されていたそうです。

勝沼は、武田氏にとって重要な場所だったのですね。右の丘陵地帯にぶどうの丘公園が見えています。ここのワインの試飲コーナーは有名です。

上町交差点付近に本陣槍掛けの松、中松屋住宅、3階建ての蔵などの歴史的建造物があります。このようなものから、勝沼宿は相当大きな宿場だったのだと思います。それにしても、来慣れた土地も歩くといろいろな部分が見えてきますね。

左の山々、一宮御坂辺りでしょうか、桃源郷が見えています。春はほんと一面がきれいなピンク色のじゅうたんのようになります。ぜひ、いらしてください。

ところで、この辺の家の燃えないゴミ袋の中身は、ほとんどがワインの空瓶でありますす（余計なお世話か？）。

大きな交差点があり、右へ行くと塩山になります。武田家の菩提寺恵林寺があります。恵林寺の記録によると、道師は快川紹喜。快川はのちに織田・徳川連合軍が甲府へ殺到してきたとき、寺の屋根の上で自ら焼死した。「心頭滅却すれば火もまた涼し」と唱えたということです。

石和に向かって西に歩いています。標識がないのでどのくらい歩いているか分かりませんが、勝沼に入って30分、2・5キロ以上は進んでいると思います。

7時38分、勝沼宿等々力地区に来ました。大きな交差点があり、右へ行くと雁坂トンネル、大菩薩ライン、さらに奥多摩へと続きます。ここから国道411号線になります。葡萄畑が続いています。天気が良くなり、日差しが強くなってきました。

葡萄畑の葡萄が袋に包まれて下がっています。巨峰かな。うまそう。食べてぇ～。

山梨市に入りました。右にロリアンワイン工場があります。名前がかわゆい～。カフェレストラン「花恋」、いいですねぇ～。中華料理「大連」、うまそうですねぇ～。

上栗原交差点。右へ行くとサッポロワイン勝沼ワイナリーです。今、甲府行のバスが前を行き過ぎました。まだまだ乗らなくても大丈夫。

行き合った一輪車（通称ネコ）にゴミを載せたおねえさん風おばさんから「おはようございます」のご挨拶。おいらも捨てたもんじゃないなあ（笑）。

食べ物屋「志村苑」の看板「今ここで、ここで今」いいですねぇ～。薄日の中、石和に向けて国道411号線をひたすら歩いています。

近くの日川高校の女生徒たちが元気に自転車に乗り、登校していきます。おじさん（私）に向かって「おはようございます」。ほんとここは良い所ですね。

日川橋手前に看板あり。特別養護老人ホーム桃源荘。将来、ここなら入ってもいい感じ。

橋を渡りきったらいよいよ笛吹市に入りました。笛吹市、良い名前ですね。

またここからこの道の名前は甲州桃太郎街道となります。おっと！　向こうから桃太郎侍が走ってきました（笑）！　桃畑、桃果実苑が両脇にいっぱいあります。美味しそうな桃、食べてぇ〜。

前にビルが見え始めました。石和温泉郷か。

笛吹川の土手沿いに出てきました。しばらく土手沿いを歩きます。とても良い景色です。川の向こうの丘陵地帯に笛吹川フルーツ公園が見えています。くだもの館やトロピカル温室、くだもの工房などがあって、とてもさわやかな気分になれます。また、ここから見る甲府盆地の夜景は新日本三大夜景にも選ばれています。ぜひ、いらしてください。

土手沿いは歩道がなく危ないです。おっと、前からタンクトレーラを引いた日野ＳＨがやってきた。私、危険を感じ、大きく手を挙げました。瞬間ＳＨは急ハンドルで大きく回避、みごとなまでに安定した運動挙動。さすが日野ＶＳＣ（ビークル・スタビリティ・コントロール）の効果ですね。

笛吹橋を渡り始めました。川風が気持ちよいです。

8時50分、石和温泉郷に入ってきました。いろいろなホテルや旅館があり、別世界のようです。

メイン道路から裏道に入ってきました。ねこちゃんが悠々と道の真ん中を歩いています。お客さんの姿はほとんどありません。ここで、飲み屋長屋を発見。ＬａＬａ、スナックお化け屋敷、ねんきん娯楽部、スーパークラブブルー、パブクラブＪ．Ｊ．。あまりにも奇抜な店の名前のため、メモってしまいました。「人生いろいろ」ですね。こんな長屋がそこらじゅうにたくさんあります。おっと、スナックレインボーあり。レインボーカラーでとても親近感がありました。

おっと、私の子どもが小さい頃、よくプールに連れてきた「ホテルふじ」がありました。こんなすごい環境内にあったことは知りませんでした。石和温泉内を駅に向かって歩いています。雰囲気は変わり、近津川という小さな川の両側が桜並木になっている温泉通りに出ました。とても、風情のある粋な通りです。ところどころ、木製の橋がかけられています。

今は昔、2年前自動車工業会ホイールボルトワーキンググループの会合でここへ来たとき、真冬だというのに、浴衣とスリッパで近く（結構遠い）のラーメン屋へ夜中皆でここを歩いたことを思い出しました。

まだ、近津川沿いを歩行中。石和温泉にはいろいろ思い出があります。だいぶホテルや旅館が減った地区に入り、雰囲気が変わってきています。

駅にだいぶ近づいてきました。この辺からは温泉街というよりも高級住宅街という感じです。大きな家がたくさんあります。

9時20分、石和温泉駅に到着。甲斐大和を出て3時間5分です。推定歩行距離は15キロ以上だと思います。駅の周りはだいぶ整備されて近代化されています。大きな駐輪場があり、甲府方面への通勤圏化されています。駅前のベンチでお茶を飲みながらしばらく休憩します。まだまだ、体力、気力とも十分です。

9時40分、休養十分、石和温泉駅出発。国道411号線に向かって南下します。800メートル南下し右折、国道411号に入りました。なんか近代的なお店が増えました。お花屋、畳屋、お菓子屋、葬儀屋などなど、とてもセンスの良い建物です。もしかすると身延駅周辺とおなじで、市で建物の形が取り決めされているのかもしれません。

山梨交通のハイブリッドノンステップバスが走ってきました。手を振りたくなりました。

甲運橋を渡り甲府市に入りました。日差しが強くなってきました。

ただ、ひたすら西に向かって歩いています。

山梨学院　川田「未来の森」運動公園の陸上競技場—野球場入り口に来ました。この辺一帯は、山梨学院の城下町です。

山梨学院大学付属幼稚園通過。

10時29分、山梨学院大学通過中。れんが造り的でなかなか近代的、たいへん良い雰囲気です。夏休みで学生さんはほとんどいません。学校紹介の掲示版を覗いてみると、幼稚園～高校～短大、大学～大学院まであり。大学院Law Schoolもあり。山梨学院というとスポーツが有名です。大学は何と言っても箱根駅伝、何年か前までは優勝候補筆頭でした。

私、上田監督と免許の書替所で一緒したこともあります。高校では野球、バレーボールが強いですね。

大学前で教授らしき人に挨拶されました。私も学校の先生に見えたのかな。

酒折駅前通過。〝さかおり〟と〝おりのかさ〟って似ていませんか？　更に酒好きの折乃笠を略すと〝酒折〟じゃないかと一人納得しています。ここには酒折宮があるみたいです。酒折宮（さかおりみや）または（さかおりのみや）は、日本武尊（倭健命、ヤマトタケル）の行宮（あんぐう）（一時的に使用された施設）に起源をもつ、古い、由緒あるお寺だそうです。とてもおいらを駅名にすると〝酒折〟なんてとんでもない、恐れ多くて。失礼致しました。

10時43分、善光寺駅に到着。ここも歴史的に重要な所です。

残念ながら、ここで武田氏の家臣小山田信茂は、織田信長の命を受けて処刑されます。この死により、今の大月市は守られたのです。天目山での勝頼自害から数日後の話です。ここで私の論文の一部を紹介致します。

「郡内（大月）を救った小山田信茂。信茂はこの一事をもって、武田家を滅ぼした謀叛人であるといわれるが、これ以前すでに諸将は離反して、信茂はむしろどたん場まで行動を共にしている。信茂の離反により郡内は織田、徳川軍一兵の侵略もなく混乱と戦火から守られた。また小山田軍数千に及ぶ兵員の中から戦犯者も出さなかった。これは小山田氏と徳川氏の『郡内不犯』の条約からだとされる。徳川氏は小山田氏亡きあと、隣国北条、上杉などの外敵にそなえ勇猛な郡内武士団の再利用をすでに計算していた。3月24日織田信長の命により、小山田一族は府中善光寺において処刑されたが、郡内は平穏な日を迎えることができた。これは史実に残るすばらしい終戦の処置で、おのれは死すとも祖先伝来の自国領民を救った郡内守護としての、人間小山田信茂の姿であり、単に逆臣とはいえない。現在、小山田一族の墓は甲府善光寺裏方200メートルのブドウ畑の中にりっぱな塚として残されている」

思わず涙ぐんでしまいます。新宿行ハイウェイバスが善光寺バス停に止まっていて、交通渋滞をつくっていました。また、ＪＲ特急ふじかわ静岡行が通過していきました。

ただひたすら西に向かって歩いています。甲府駅まで2キロの標識が出ました。まだ走って行けるくらいの体力は残っています。とは言え、近くのバス停に甲府行のバスが止まると乗っちゃおうかななんて誘惑が頭をかすめます。

甲府市内の幹線は途中、大きく直角曲がりする所が多くあり、大きなバスなどは、かなり内輪差などで苦労しています。たぶん、信玄の時代、敵がじかに攻めてこられないように工夫したのでないかと思われます。私のまったくの持論でありますが。

甲府市内の繁華街に入ってきました。ＮＴＴ甲府の大きな電波塔があります。山梨県最大のデパート、岡島デパートを通過。甲府のナウい女の子たちが歩いています。サッカーＪ１チーム　ヴァンフォーレ甲府の旗だらけです。

3億円宝くじの売店で高齢のおばあちゃんが宝くじを買っていました。いくつになっても夢を捨ててはいけませんね。

11時10分、甲斐大和を出てちょうど5時間。まもなく甲府駅ですが、遠回りになるので駅には行かず、左旋回して国道52号線に向かいます。官庁街通過、さすが県庁所在地、りっぱな官庁がたくさんあります。そろそろ休憩して水分を取らないと。かなり体が熱くなってきています。

国道52号線を西に。ここで雲行きが怪しくなってきました。

コンビニで休憩。体が野菜を欲している、野菜ジュースをがぶ飲み。そのあとポカリスエットもがぶ飲み。生き返りました。ただし、汗が滝のように出てきました。

休憩十分、出発です。竜王を目指します。

荒川橋を渡ります。ここで分かれ道があります。右が甲斐市、左が南アルプス市。いずれも、ロマンのある名前だと思いませんか？　周辺の市町村が合併してできた新しい市です。

天気が良くなり、暑くなってきました。ちょっと疲れてきました。危ない！　前から来る女の子が携帯を見ながら歩いてきました。

山梨芸術の森公園を通過中。ここは、県立文学館、県立美術館、すばらしい庭園などなど、山梨の芸術を一堂に集めたすばらしい公園です。子どもが小さい頃、芸術に親しみ、心豊かになるようにと何回か連れて来ましたが、一人は噴水で水浴び、一人は階段の手すりでおすべり、一人は食堂から出てこない……だめだこりゃ。お父さんは？　野外の彫刻を見ながらベンチでビール飲んで、ご機嫌モード……だめだこりゃ。山梨交通ＣＮＧノンステップバスが行きました。山梨交通は環境に相当の配慮をしていますね。

12時08分、中央高速道をくぐる。甲斐市に入りました。南アルプスの山々が雲にかすれながらも見えてきました。ほんと名前が山梨らしいロマンのあるものだと思います。

甲斐大和駅を出てちょうど6時間です。竜王駅までもう少しです。

駅が見えてきました。とても近代的でおしゃれな建物です。駅前駐車場も広く理想的な郊外駅って感じですね。駅の周りは結構高級住宅街です。

12時25分、竜王駅の改札口に着きました。駅構内がやたら広くずいぶん時間がかかりました。竜王駅は一度来てみたかった駅です。一部の特急かいじの始発駅でもあります。来て見て分かったことは、石油貯蔵の基地があります。タンク車のヤードがあり、多くのタンク車が停車していました。駅構内には売店もあり、なかなか良い駅ですよ。さっそく、ご褒美ビールとさらにご褒美チーカマを買ってあげましょ。

12時40分、高尾行の普通列車に乗り込みました。まずは乾杯～ィ！　良くぞ頑張りました。I'm off！　最高に幸せの時です。

電車は、歩いてきた景色をおさらいしてくれています。駅にすると、（戻りルート）竜王─甲府─酒折─石和温泉─春日居町─山梨市─東山梨─塩山─勝沼ぶどう郷─甲斐大和です（JRは春日居町―山梨市―東山梨―塩山―勝沼ぶどう郷は甲州街道より相当山沿いを遠回りしています）。

本日の歩行時間（休憩時間含む）6時間10分、距離31キロ、1時間に5・03キロのハイペースです。これは、天気が曇り気味で涼しかったため、コースが平坦市街地で、山のアップダウンがなかったため。そして、前の日の夜、えびそばとチャーハンによる高エネルギーチャージができていたためです。

今回の第4弾の問題点と課題です。第3弾とほとんど同じですが、課題として一つ追加は「前日は高エネルギーチャージが必要」。

13時36分、大月駅着。家内に車で大月駅まで迎えに来てもらいました。

大月の自宅でシャワーを浴びて、昼食。実は昨日の夕飯のえびそばとチャーハンがまだもたれていて、もりそばにしてもらいました。そのあと、エアコンで体を冷やしながら昼寝で爆睡。

追伸　その夜、家族でファミリーレストランへ。しゃぶしゃぶ食べ放題と飲み放題を思いっきり、堪能。頑張りすぎて、しゃぶしゃぶのだし汁がなくなってしまい、だし汁のおかわりをしてしまいました。次の日、高エネルギーチャージにより、昼間の13時炎天下の中、1時間大月ダイエーまで散歩に行ってきました。「心頭滅却すれば火もまた涼し」。

甲州街道を歩く　第5弾　竜王〜信濃境

10月8日5時15分起床。外は暗く、空気はピリッとしています。久々に早朝のさわやか気分です。

家内に大月駅まで送ってもらう頃には空もだんだん白み始めてきました。5時54分甲府行。約1時間列車の旅です。車内は結構登山客やハイキング客で賑わっています。甲府で乗り換えて一つ先の竜王駅到着6時52分。久々の竜王駅です。約2カ月前は、短パンにTシャツだったのに、今は長袖トレーナー、ズボンにウインドブレーカー姿ですっかり秋仕様の服装に変わっています。

6時53分、竜王駅発　東の空の朝日がまぶしいです。足取りも軽やかです。

0・5キロ歩行、国道20号線に右折致します。南アルプスに向かって進みます。

竜王立体「東京から141キロ」の標識がありました。上り坂の国道1キロほどに、やまなしの歴史文化公園「信玄堤」の看板があり、200メートルほど行くと信玄堤公園があります。信玄堤は、武田信玄により築かれたと伝えられています。この堤防築造と治水によって、洪水被害は緩和されました。

さすが、武田信玄、戦だけをしていたわけではないのですね。この辺の国道20号線は結構上りがきついです。

2・8キロ歩行。それにしても南アルプスの山々は立派です。

中部横断自動車道の下を抜けると下り坂になります。韮崎の盆地が太陽の光できらきら光っています。歩道の前できじ鳩が餌を食べていました。

双葉水辺公園通過。ここで、左に行くと南アルプス市、静岡市になります。この前乗ったＪＲ身延線と平行して道があります。

塩川大橋、おもしろいのは英文字でSHIOKAWAOOHASHI BRIDGEとあること。普通、SHIOKAWA BIG BRIDGEなのでは？　そんなことを考えながら、長い橋を渡っています。川はほんとにきれいな薄緑です。橋の上に標識があり、ここまで5・8キロ歩いています。

8時6分、塩川大橋を渡りきると韮崎市に入りました。韮崎はサッカーの街なんですよね。あの有名な中田英寿も韮崎高校の出身です。市営総合運動場を通過、とても立派です。私にとって韮崎は思い出の地でもあります。設計部の時、フロントアクスルの部品タイロッド（左右輪をつなぐ重要な保安部品）の製造メーカーがここ韮崎にあり、設計内容打ち合わせや原価低減活動などでよく訪れました。製造上かなり、むずかしい形状を設計しては、奇襲攻撃のように現れて侃々諤々議論したものです。

また、地元大月の浅利小学校ＰＴＡ会長時代、山梨ＰＴＡ大会でもここを訪れ、大いに親交を深めました。その時の教頭先生が、今ご出身の韮崎の小学校の校長になり活躍をしています。クワガタ虫の飼育の大家であり、日本でも有数の有名人でもあります。私とは今でもたいへん気が合って友達でもあります。そんな思い出を巡らせながら、韮崎の街を歩いています。

6・8キロ歩行。1時間に5キロのペースです。道の横にチェーン脱着場があり、我が社のダンプが止まっていました。タイロッドの設計が懐かしいです。思わずかがんで見てしまいました。少し行くと韮崎市立病院、きれいで大きくて立派。

おっと左に白い大きな観音さまが小高い丘の上から市内を見下ろしています。「どうか世界が平和になりますように」と拝んでしまいました。

韮崎市役所、薄い茶色と黄土色のレンガ風作りでとてもおしゃれです。垂れ幕には、「夢と感動のテーマシティーにらさき　美しく、人・地域が輝く未来へのものがたり」と、あります。これを読んだだけでも、良い街だなあと思います。

だいぶ街の中心地から離れてきました。釜無川沿いに大きな広場がありました。なんと、仮眠エリア。親切、すばらしい。大型車が数台と普通車が多く止まっておりました。「清々しい朝ですよ〜。もう起きましょう」おおきなお世話か。

まずい！　おなかがゴロゴロなりだしました……。昨日水物を取りすぎたか？　メーデーメーデー！　農協がある、あっ、閉まっている。ガソリンスタンドがある、まだ開店していない。が、厠は開いている、ちょっとお邪魔します。田舎は泥棒がいないので鍵はかけないのですね。感謝。

右の低い山々は石で絶壁になっており、それが国道20号線とずっと平行して続いています。何か戦国武将が立っているかのような気配がする気がします。何かこう、殺気を感じるんですよね。

9時6分、ちょうど2時間、10・8キロ歩行。1時間5・4キロのハイペースです。ところどころに葡萄園があります。

釜無川のサイクリング道を歩いています。天気が良くて川がきれいで南アルプスが見えており、最高です。ほとんど誰も走っていません。おじさんはすっかりご機嫌になり、見るものに対して歌を歌い始めました。

赤とんぼがいっぱい飛んでいます。♪赤とんぼ　赤とんぼの羽をとったらあぶら虫♪あのねのね　古！　ピンク、赤、白のコスモスがきれいにいっぱい咲いています。♪うす紅の秋桜が秋の日の　何気ない陽溜りに　揺れている♪　山口百恵　古！

釜無川はグリーンと白の水しぶきがとてもきれいです。♪ああ　川の流れのように　おだやかに♪　美空ひばり、いいですね〜！

釜無川のサイクリング道をまだ歩いています。せき止められた池にカモ（カモかも）が7羽。私の顔を見ると「クワ〜クワ〜」と飛んで逃げていきました。何も逃げることはないのに、カモがねぎをしょって来たんだから（笑）。

釜無川のサイクリング道をまだ歩いています。前方に八ヶ岳が現れました。すすきが頭を垂れています。秋だなあ。「秋ふかし　となりは何を　する人がいない」と思いきや、家の軒先を通過。家の中が丸見え、おばさんが洗濯物を乾かしていました。オレンジ色のコスモスがとてもきれいです。

釜無川のサイクリング道をまだ歩いています。おじいさんとおばあさんがのどかに畑仕事をしています。連れて来た黒いワンちゃんが私を見上げてしっぽを振って吠えています。ここ掘れワンワン。青い大空と私の真っ黄色のウインドブレーカーと緑の山々が絵になっていたのかな。おじいさんがこちらを見て、深々とお辞儀をしました。私もうれしくなって大きくお辞儀をしましたとさ。

10時5分、ちょうど3時間。15・8キロ歩行。1時間に5・3キロのハイペース。国道20号に出ました。釜無川のサイクリング道は楽しかったですね。

10時8分、穴山橋を渡ります。だいぶ暑くなってきたのでTシャツになりました。足は快調に動いています。

今回、甲州街道を歩いていると、ほんとに武田信玄24将ゆかりの土地が多くあります。16・8キロ歩行。ここで白峰三山入り口がありました。左を見上げるととても険しい山々があります。白峰三山(農鳥岳　間ノ岳　北岳)です。３０００メートルの山々は、下から見上げると威圧感がすごいです。

畑の真ん中に大きなログハウスがあります。誰か有名人の所有ですかね。この辺からログハウスが多くなります。展示場もあり、６００万円のものがありました。

突然、新宿行ハイウェイバスのバス停がありました。ただし、１日１本です。

武川橋を渡ります。ここから北杜市になります。国道はゆるい上り坂が続きます。右には七里岩越しに八ヶ岳。左には鳳凰から甲斐駒にかけての稜線が見えています。

稲刈り後、わらを燃やすけむりが煙い煙い。大型コンバインが活躍しています。

28・8キロ歩行、「道の駅」ならぬ「村の駅」。武川村の農産物販売や観光案内をやっています。ノンストップ通過。

舞鶴松の看板がありました。萬休院（ばんきゅういん）の舞鶴マツ。国の天然記念物樹種アカマツ　樹齢約４５０年　樹高9メートル　根回り4メートル　総枝周り74メートル。

目の前に籠をしょった人が歩いています。目礼をして追い越し。小さなおばあさんが結構重そうなクワをしょっている。ご苦労さまです。おばあさんが普通列車ならば、おいらは急行列車ですね。特急列車ではないのは、少し疲れてきて足並みが遅くなってきたため。

道は緩やかに下ったり上ったりの高原道路。日本の道百選、甲州街道台ヶ原宿です。甘いものが欲しい、甘い飲み物がいいなあ。

銘酒七賢の蔵元入り口あり。笹一と並ぶ山梨の銘酒です。蔵元レストランもあるそうな。我慢、我慢で通過。

北杜市白州町に入ってきました。「ホワイトウオーターランド　白州」いいですねえ。

12時、25・3キロ。道の駅　白州に到着。やれやれ。きれいな建物の後ろに甲斐駒ケ岳が見えています。建物前には日本名水百選「白州・尾白川天然水」が引かれ、自由に飲めるようになっています。3口、うまかったです。4時間ノンストップだったので15分間休憩。野菜ジュースと山梨ぶどう味のソフトキャンディをいただく。

12時35分、周りはすっかり高原地帯。

サントリー白州製樽工場あり。中をのぞき込むと製材所という感じ。ここでおいしいウイスキーの眠る樽ができるんだなあ。♪ウイスキーがお好きでしょ♪

道の周りにはマリーゴールドの花がほんときれいです。市立白州体育館も立派です。

サントリー白州蒸留所入り口。お上品な立派な門と蒸留所へ繋がる広々とした道があります。ウイスキーの蒸溜に使われる釜もあります。さすが、サントリー。私、後ろ髪を引かれながらも通過。♪ウイスキーがお好きでしょ♪　好きだっちゅうの！

信州蔦木（つたき）を目指します。

13時05分、交差点、右へ行くと小淵沢。いよいよ小渕沢付近まで来ました。標識には諏訪まで31キロと書いてあります。

下教来石（しもきょうらいし）。「明治天皇御田植御通覧之址」の碑があります。のどかな高原地帯を行きます。ちょっと曇ってきて涼しくなってきました。

30キロ歩行。だいぶ疲れてきて足が痛くなってきました。道の駅　信州蔦木まで3キロです。頑張れ〜。

13時38分、ここで「目には青葉　山ほととぎす　初かつお　山口素堂先生出生之地」の巨大な句碑。山口素堂は江戸時代前・中期の俳人で、松尾芭蕉とも親交がありました。

新国界橋（しんこっかい）を渡り中。そして、渡りきって長野県富士見町に入りました。いよいよ長野県です。この辺は標高705メートルです。将来、大月市と都留市が合併して富士美市になると（折乃笠の構想）姉妹都市ですかね。

13時55分、33・8キロ。道の駅　信州蔦木宿に着きました。出発してからちょうど7時間です。疲れました。足を引きずっています。Tシャツで大汗かいているのは、おいらだけです。ベンチで休憩です。道の駅、信州蔦木宿の陣のような外観の施設には売店や食堂の他立ち寄り温泉もあります。ここで、温泉に入ったら痛い足も癒されるでしょうね。けれども、そのあとまた歩く気はしないでしょう。我慢、我慢。

江戸時代の旅人は、「蔦木日暮れて道三里」と言って蔦木で日暮れてから三里は歩いたそうです。

さて、「蔦木日暮れて道三里」ではありませんが、信州境駅まであと3キロ、頑張りましょうか。

14時20分、道の駅、信州蔦木宿を出発。結構、足にきています。

国道20号を離れ右に旋回。うわあ〜！　山を一つ越えるんかい？　はるか山の上に上り坂の道が見える。

上り坂がきつい。

まだ、登っています。標高８５０メートル。長野県境が７０５メートルだったので１４５メートル登っています。まだまだ上に道がある。

やたら民家が多くなってきました。ちょっとした高級住宅街って感じです。真正面に八ヶ岳が大きく見えています。駅はまだまだ先のようです。

街の中ですが、まだまだ坂を登っています。標高９００メートル。この辺の人たちは足腰がさぞ強いのでしょうね。と半分ふてくされ気味。上のほうに駅らしきものが見えてきました。

15時5分、信州境駅に着きました。標高９２２メートル。何でこんな所に駅が？　勘弁してくれ～。疲れた～。放心状態。

さて、今日の総時間8時間12分、総距離　37キロ。さすがに、最後の3キロは45分かかっています。それでも全体では、4・51キロ／1時間です。ちなみに3キロ前では4・82キロ／1時間です。頑張りました。ご褒美は近くの生協店舗でドライビール５００ｃｃと缶チューハイ３５０ｃｃを買ってあげましょ。結構寒いです。汗びっしょりのＴシャツを着替えて、駅のホームへ。足が痛くて階段がきつい。駅のホームのベンチに座りホッとするひと時。充実感でいっぱいです。ここでお勉強です。

【標高順位　沿線名　駅名　標高】
1番高い場所にある　小海線　野辺山駅　１３４６メートル
5番目に高い場所にある　小海線　佐久広瀬駅　１０８２メートル
10番目に高い場所にある　しなの鉄道　信濃追分駅　９５７メートル

信濃境駅は９２２メートル、まだまだ上がいるんですね。参りましたという感じです。15時40分、高尾行が来ました。まずは乾杯～ィ！　よくぞ頑張りました。最高に幸せの時です。その後、ご機嫌モードで南アルプスの山々を見ていたら大爆睡。

17時18分、いつのまにか大月駅着。足を引きずりながら家内のお迎え車に乗りました。

甲州街道を歩く　第6弾　信濃境～下諏訪

10月23日、5時15分起床。外は暗く、小雨が降っています。家内に大月駅まで送ってもらう頃には、空もだんだん白み始めてきました。

5時54分、甲府行。約1時間40分の列車の旅です。車内はそれほど混んでいません。甲府で松本行に乗り換えて、南アルプスを見ながら信濃境駅到着7時29分。標高９２２メートル。小雨が降っていて肌寒いです。

7時32分、信濃境駅出発。駅の周りは枯葉だらけですっかり秋の様相です。駅の前の下り坂を行き、途中右折して県道を富士見に向かう予定です。……どんどん下って行き、標高は９００メートルを割っています。だいぶ歩いて、あっ、道、間違えた！　途中右折する所を通り過ぎてしまいました。来た道のきつい坂を登り、県道まで戻りました。ロスした時間15分、距離約1キロ。まっ、いいか！　体も暖まったし、1日24時間のうち15分ぐらいは大したことではない。おじさんも成長したもんだ。甲州街道を歩きはじめた最初の頃はこんなことでもへこたれていました。

県道を西に、山々は紅葉をし始めたところでまだまだです。でも、雨でしっとりぬれて緑や茶色がとてもきれいです。

高原に霞がかかってきれいです。中央本線沿いを歩いています。

8時、富士見インダストリアルパークを通過しています。ユウキ食品工業㈱、富士見鉄鋼㈱、理化電子㈱、エムアイテック㈱などなど、小さな工場が雑木林の中にポツンポツンとあります。残りはほとんど空き地です。長野県の中小企業殿、ぜひ頑張ってください。

雨の中、ひたすら高原地帯を歩いています。

チップを満載につんだダンプトレーラがゆっくり坂を登っていきました。雨に濡れて超過積状態です。安全運転で頼みますよ。

中くらいの川幅の橋を渡っていて、上を見上げるとなんと50メートル以上上に近代的なコンクリートの鉄道アーチ橋。自然の景色にマッチしてグッド工業デザイン。

その後、上り坂が結構きつい。出発して1時間だいたい5キロ／1時間のペースです。国道20号線を目指します。

なんとこの山の中にマリンバ音楽教室あり。いいですねぇ。おっと今度は、太鼓屋さん。いいですねぇ。

8時55分、国道20号線に合流致しました。駐車中のUDトラックス中型車のドライバーに方向確認し、茅野を目指します。

〃ゆっくり走ろう信濃路〃の看板を見た瞬間、頭の中が回り始めまして、♪流れる雲は涙色　運命の風に流された　夕闇迫る信濃路よ♪　なんていう切ない歌が大昔あったような。

やっと東京からの標識がありました。東京から180キロ地点。ここから正確に距離が測れます。ここまでだいたい8キロ歩いています。雨脚が強くなってきました。

まだ、富士見を歩いています。

カゴメ富士見工場がありました。看板が野菜ジュースでとても美味しそうです（私、どうしても飲みたくて、そのあと休憩でカゴメ野菜ジュースを飲むことになります）。

さっきから、道路の水溜りの水を車にかけられています。いい加減にしなさい！

神戸八幡の信号手前に「東京から184キロ」の地点標。右に行くと中央本線のすずらんの里駅があります。何か粋な名前ですね。当駅の近隣に事業所を持つセイコーエプソン株式会社が、事業所へのアクセス確保と、鉄道の有効利用を目的に設置を希望し、設置費用およそ2億円を負担して1985年（昭和60年）10月にできた駅だそうです。「すずらんの里」という駅名は、当時の国鉄としては特異なものであり、物議を醸したみたいです。由来は、地元入笠高原の別名「すずらん高原」だそうです。さすが、セイコー、駅を造ってしまうなんてすごいですね。確かにこの辺は、セイコーエプソンの城下町です。

おいらも大月市長になったら、初狩駅を折乃笠駅にしようかな。

10時、やっと茅野市に入りました。雨の中、歩き続けます。エプソンスポーツセンターがあります。

右を見下ろすと青柳駅があります。ん～田舎の駅だっぺ。

金鶏の湯入り口、すごい名前だなあ。

出発して17キロ歩行、3時間13分。5・28キロ／1時間でいいペースです。

だいぶ空が明るくなってきました。のぞみ橋の下を長野行の普通電車が走っていきました。この辺になると中央本線にも長野行があるのですね（通常は松本行）。

まだ新しい坂室トンネルに侵入。全長880メートル。出口が見えない。第3弾で歩いた笹子トンネルを思い出します。あのときは歩道がなく真っ暗でした。いずれにしても空気はこちらも悪いです。

国境ではないが長いトンネルを抜けると薄日が差していた。茅野の盆地の街並みが一望でき、晴れ晴れした気持ちになりました。青空も少しのぞき始めました。

だいぶ気温も上がりあったかくなってきました。うっすら青空です。茅野市街の端を通過しています。あちこちに、寒天の里と書いてあります。右折に、白樺湖、蓼科入り口の標識がありました。ずいぶん遠くに来たもんだ。この辺からりんご園が現れ始めました。これまでは、葡萄園や桃園だったのに、やはり寒い所に来たということですね。

12時05分、ついに諏訪市に入りました。標高が767メートルです。横の中央本線をスーパーあずさが疾走して行きました。

ファミリーマートで休憩です。ここまで4時間30分ノンストップでした。さすがにちょっと疲れてきたかな。ここで、カゴメの野菜ジュースと昨日日野駅のたい焼き屋さんで買った栗入りたい焼き（持参）を食べました。実はたい焼きは、先日の夜、次男とラーメン屋に行くため日野駅で待ち合わせをしていたところ、お店で焼いていたたい焼きが本当に旨そうで旨そうで、特に栗入りのたい焼きがとろけそうで。昨日、6個お土産を大月の家に。私は今回の旅に大事に持参しました。まあ、おいしいのですが、冷たいし、雨の水分を吸ってしまったので、レンジでチンをしたら、もっとうまかったかなあ。皆さん、たい焼きは、できれば、できたてか、チンをしてから食べてくださいね。

12時28分、出発。上諏訪を目指します。

12時30分、我が社諏訪支店通過。ここは設計時代も来たことがありません。土曜日だというのに整備工場は忙しそうです。若い整備士さんたちが頑張っています。将来、社内整備士1級を取得してダカールのメカニックを目指してほしいと思います。

諏訪市に入って、ほんとセイコーやエプソンの工場、協力工場が多くなりました。一色といってもいいかもしれません。もともと、セイコーは諏訪精工舎として発足して、エプソンは電子機器部門で独立したはずです。

12時38分、25キロ歩行、5時間6分、4・9キロ／1時間と少しペースが落ちましたが元気です。まだ、諏訪湖は見えていません。

またまた雨が降ってきました。ひたすら20号線を西に向かいます。

おっと、おもしろいバスが走ってきました。水陸両用バスです。足回りがどうなっているかのぞき込みたかったのですが、颯爽と走っていってしまいました。

13時03分、上諏訪の街並みが賑やかになってきました。蜂蜜専門店、清酒の蔵元。赤い顔した観光客が出てきました。うまらやしい～（私、どうしても飲みたくて、そのあと電車の中で清酒を飲むことになります）。伊藤近代美術館、銘酒の蔵元が軒を連ねており、諏訪2丁目通過中、すげ～賑やかです。

諏訪市役所通過、この辺の商店の建物は、大正、昭和初期の建物なのか、非常に風情があって良いです。上諏訪駅を目指します。

13時18分、ようやく上諏訪駅に到着。大月駅よりはるかに大きい駅です。駅前には大きな温泉ホテルが数多くあります。上諏訪温泉は間欠泉などで全国的に有名です。ゴールの下諏訪駅まであと一駅となりました。

中央本線の踏切を渡ります。おっと、天下の中央本線もこの辺は単線なんですね。だから、特急あずさは、茅野・上諏訪・下諏訪・岡谷と普通列車のように止まって行くのでしょうかね。

月島もんじゃ屋さんがありました。とても良いにおいです（どうしても食べたくなって、その夜、家でもんじゃを実施することになります）。

エプソンの本社でしょうか、大きなビルがあります。その前にタケヤみその工場もありました。みそ食いてぇ（さすがに、駅の売店には置いてありませんでした）。左に諏訪湖が見え始めました。

下諏訪町に入りました。標高762メートルです。少し小高い所から諏訪湖を一望できます。

30キロ歩行、6時間13分、4・83キロ／1時間。少しペースが落ちてきました。足が痛いです。

諏訪湖の湖畔を歩いています。諏訪湖は日が当たって緑色に輝いています。

とても暖かくなりました。

32キロ歩行。下諏訪の街並みが賑やかになってきました。

14時20分、諏訪大社下社秋宮入り口です。右折してしばらく行くと秋宮があります。以前、大月岩殿城主小山田氏の論文を書いた時訪れました。ここでその時のレポートを紹介致します。

「諏訪大社（勝頼の生まれ故郷）

諏訪大社は諏訪湖を隔てて南に上社、北に下社が鎮座する。上社は諏訪市の本宮と茅野市の前宮、下社は下諏訪町の春宮と秋宮に分かれている。この四社を合わせて諏訪大社となる独特の形式である。源頼朝、武田信玄及び勝頼など多くの武将の信仰が厚かった。

古来日本では、神は木や石や山などによると信じられて来た。ちなみに神社の〝杜〟という字は実は〝この神がよる木〟という意味の言葉。諏訪大社は古い神社だけに、この古代信仰の形を今も伝えていて、本殿はない。その代わり神がやどるという御神木が社殿の奥に立ち、それを守るかのように4本の〝御柱〟が社殿の四隅にたっている。御柱祭は7年ごとに、寅と申の年の春に行われる行事である。諏訪大社4社の社殿四方にそれぞれ4本の柱を立て、宝殿を建て替える行事。

真冬の深夜、ズズーンと地響きのような音が不気味に響き渡り、翌朝氷結した湖面に一本の氷の盛り上がった道ができている。これが諏訪湖名物〝御神渡〟。諏訪大社上社と下社を結ぶ線上にできることが多いため、昔の人は男神が女神のもとに通った〝御神渡〟と考えた。

今回は上社本宮と下社秋宮を訪ねた。上社本宮は深い木立の中に立つ、荘厳な雰囲気の神社であった。下社秋宮は拝殿には巨大なしめ縄がかかっており賑やかな雰囲気をかもし出していた。いずれにしても、重厚な木造の建物は深い歴史を偲ばせる。諏訪家の宮家としての伝統、諏訪頼重の無念、諏訪御寮人の神秘さ、勝頼の人間性が想像できる諏訪地方の全てを凝縮している神社であると思われた」

今回私は、そちらには行かず、国道20号を左折します。

残り数分、ラストランです。

14時27分、下諏訪駅着。ゴ～ル！　ゴ～ル！　本日のデータは33キロ歩行、6時間55分、4・77キロ／1時間、雨の中にしては良いペースです。よくやった！　頑張った！　感動した！　おみごと！　と自己満足で自分を褒めてやりました。

下諏訪駅前はほとんど何もなく寂しい感じです。駅の中にはちょっとしたお土産屋さんがあり、ホッとしました。ご褒美には、ドライなビール500ccと清酒ですね。おつまみにチーズも買ってあげましょ。駅のホームへ。足が痛くて歩くのがきついです。駅のホームのベンチに座りホッとするひととき。充実感でいっぱいです。

14時59分、高尾行が来ました。先ずは乾杯～ィ！　よくぞ頑張りました。幸せ～！

車窓からは諏訪湖が本当にきれいです。茅野と上諏訪の間で複線から単線になることが分かりました。清酒を飲みながら今日一日のことを思い出しています。今回は、今まで6

回の中で、初めて雨というコンディションでした。もともと天気予報では分かっていましたが、残り1回、どうしても10月中に終わらせたかったので強行突破致しました。思ったほど、大雨にならなかったこと、途中止んだこと、雨はもともと嫌いでないことなどから特に大きな問題もなく、無事完歩致しました。

強いて問題点をあげるならば、リュックの中がびしょびしょになり、たい焼きが大きな影響を受けたことぐらいでしょうか。

今回、6弾目の〝甲州街道を歩く〟は、信濃境～下諏訪で全行程が長野県でした。山梨県に住む私にとって、やはり、山梨県との文化、風土の違いを一番感じました。

まず、山梨県に比べて長野は、全体的に景色、人、雰囲気がおっとり、ゆっくりしています。かつ、精密工業の発展に見られるように、緻密で正確という感じです。人々はりんごのように我慢強くあたたかい感じがします。その後、ご機嫌モードで南アルプスの山々を見ていたら大爆睡。

17時18分、大月駅着。足を引きずりながら娘のお迎え車に乗りました。そして、夜は家でもんじゃを食べました。

今回、甲州街道を歩くきっかけとなったのは、自分自身の中でモットーとして、「大切なことは『失敗は失敗と認めて、それを踏み台にして、前に進んで行く』、つまり、失敗を恐れず、何事にもチャレンジして、失敗したら、再発防止をしっかりやってまた前に進む。常に歩くこと」という言葉を掲げたことです。ここからは、私が歩いた道のりを整理してみます。

第1弾時　5月23日　日野～藤野　歩行時間（休憩時間含む）6時間35分　歩行距離29・6キロ。1時間に4・6キロ

第2弾時　7月14日　藤野～猿橋　歩行時間（休憩時間ほとんどなし）5時間40分　歩行距離24・5キロ。1時間に4・3キロ

第3弾時　8月13日　猿橋～甲斐大和　歩行時間（休憩時間含む）5時間19分　歩行距離23・5キロ。1時間に4・42キロ

第4弾時　8月17日　甲斐大和～竜王　歩行時間（休憩時間含む）7時間10分　歩行距離31キロ　1時間に5・03キロ

第5弾　10月8日　竜王～信濃境　歩行時間（休憩時間含む）8時間12分　歩行距離37キロ　1時間に4・51キロ

第6弾　10月22日　信濃境～下諏訪　歩行時間（休憩時間含む）6時間55分　歩行距離33キロ。1時間に4・77キロ

全工程6日間　日野～下諏訪　歩行時間（休憩時間含む）39時間51分、歩行距離178・6キロ、平均距離29・8キロ／日、1時間4・48キロ

ちなみに第0弾として、部次長会のイベントで田町（東京都港区）から日野まで歩いています。

◆全行程で苦労したベスト5です

5. 信濃境〜茅野にかけての大雨
4. 小仏峠の山道登り坂
3. 信濃境駅までのラスト3キロの上り坂
2. 笹子トンネルの狭さと空気の悪さ
1. 上野原〜鳥沢　炎天下の暑さと迷子

◆「甲州街道を歩く」の全行程で得られたこと

1. 有言実行。先に周りにやるぞと言ってしまい、自分を逃げられなくしてしまう。
2. 苦しいことも前向きに実行し、楽しくする。
3. 準備と計画をしっかりやる。体力はジョギングで、計画はインターネットでしっかり調べておく。
4. 外部の話を吸収する。今回は「常に歩くこと」の和尚さんの話。
5. 周りの協力を得る。今回は家内の早朝朝ごはんとお弁当などなど。

6. 歩くことを好きになる。
7. 旅の心を持つ。自然と融合する。
8. 必ず自分にご褒美を準備する。例えばビール、缶チューハイ、清酒などなど。
9. 毎回再発防止をして向上していく。
10. 心の余裕を持つ。

これは日頃の我々の生活や会社の仕事にも通じることだと思います。自身、今回、とても良い経験を致しました。皆さん、ご精読、応援、ありがとうございました。

さて、私にはもう一つ課題が残っています。〝甲州街道、日野~大月　一日59キロ走破〟。いつの日か読者の皆様に結果を紹介したいと思います。

6　折乃笠部長の熱い思い　頑張ろう日本

日本人に生まれてよかった

金曜日、名古屋に出張しました。昼間外に出ると目まいがするほどの猛暑。汗が出過ぎてカラカラになってしまいました。夜、八王子で京料理を食べる機会があり、器の涼しげな演出と薄味のお上品な味ですっかり暑さを癒やしてもらいました。合わせて、モンドセレクション最高金賞を2年連続受賞した冷た～いプレミアムなビール。カラカラの体のすみずみまで行き渡りました。「あ～あ！　日本人に生まれてよかった！」と思った瞬間でした。

それではこれを機会に日頃常々考えていました〝日本人に生まれてよかった〟このことについて、語りたいと思います。

皆さんはどんな時、「日本人に生まれてよかった」と思いますか？

私のベスト5は以下になります。

5位　花らっきょうを食べたとき。日本人に生まれてよかったの原点ですね。

4位　温泉やお風呂にいつでも入れる。日曜日2時間、長時間入る私にとって温泉やお風呂は癒やしの時間。何も考えずボ～ッとしている時間がとても貴重です。

3位　季節の四季がはっきりしている。春のさくら、夏の海、秋のもみじ、冬の富士山。考えただけでもワクワクしませんか？

2位　日本人の文化、感性。芸術や自然界に対する繊細な感性を感じます。日本の文化を、英語を交えて紹介するＮＨＫ教育テレビ「トラッドジャパン」という番組を感動して見ています。

1位　武士道がある。潔さの根本を成す日本人の行動基準、道徳基準です。

堂々の5位の、花らっきょうの瓶詰について語りたいと思います。なぜ、花らっきょうが「日本人に生まれてよかった」なのか？

まずは現物目視確認です。入れ物はかなり旧体然としたガラスの瓶です。ふたはプレス成形された鉄製のものです。非常に締め込み感があり機密性に優れています。昔からの日本の高い技術力が伺われます。ラベルは緑色。とてもセンスがいいデザインではありませんが、どことなく日本的な風情があります。「SWEET PICKLED SCALLION」と、英語表記もありました。

さて、ふたを開けてみましょう。ぷ～んと甘い酸っぱいらっきょうのにおいがしてきました。とても美味しそうなにおいです。中には全長13ミリ、長径8ミリの弾丸形のクリーム色のらっきょうが入っています。そうですねえ。１００個くらいは入っているでしょうか。ではさっそく食べてみます。

んっ？　しっかりとした歯応え、噛んでいくほどにほど良い甘酸っぱい味がにじみ出てきます。日本人に生まれてよかった？　まだ思えませんね。

それでは、I社のらっきょうと比較してみましょう。大きさは花らっきょうの4倍はあります。食べてみました。歯応え感がなく、口の中でらっきょうの断層がすべる感じで、なかなか噛み終わりません。味はらっきょう自身の味と酢の味とお砂糖の味がアンマッチで、花らっきょうには到底勝てません。そこで、もう一度花らっきょうを食べてみます。そうか！　花らっきょうは大きさ、硬さ、味、らっきょうの性格が全て総合的に調和的に設計されており、口の中の挙動が全てシミュレーションされているのです。この理論を確立するのには、相当数の試作、実験、ＢＭＣ（他商品調査）が繰り返され、市場意見のフィードバックが長年繰り返され、今日の味になったのだと推察されます。まさしく日本人の緻密さと勤勉さ、そして味に対するロマンがここにあるのです。そんなわけで、花らっきょうこそ「日本人に生まれてよかった」の原点なのです。

次に少し（だいぶ）話が変わり、らっきょうの魅力とその恐ろしさについて語っていきます。まずはらっきょうとは？　です。

「らっきょうはユリ科の多年草・野菜。特有の強いにおいと辛味を持つ。このにおいはニンニクやニラと同じアリル硫化物である。主に塩漬け、甘酢漬け、醤油漬けで食べる。また薬効も多いとされる」

らっきょうは体に良いらしいです。らっきょうの成分の特長はフルクタン量の多さです。生のらっきょうはニンニクの3・5倍、ごぼうの5・7倍と群を抜いて豊富です。ちなみにフルクタンとは体の機能を高める働きがある水溶性食物繊維のことです。

さて、らっきょうが美味しくて体に良いことは分かりましたが、恐ろしい副作用もあるのです。

それは〝HE〟です。らっきょうを食べた量の2乗でおなかの中に〝HE〟が蓄積されるため、全エネルギー放出量は同じでも個人によって回数、量（音に変換される）で示されます。

フルクタンという水溶性食物繊維が原因です。皆さん、らっきょうの食べ過ぎには十分注意してくださいね。「らっきょうもいいけどカレーもね！」でしたっけ？

東日本大震災を忘れない

２０１１年3月11日（金）14時46分、今までに体験したことのない大きな、そして、長い衝撃的な地震がありました。私、４社交流会で埼玉県上尾のＵＤトラックス（旧日産ディーゼル）の会議室におりました。

地響きと共に巨大な振動、思わず窓を開けて天を仰ぎました。

その日は、電車が全て止まり、ＵＤトラックスさんの寮に泊めていただきました。

そして、その夜テレビで観た光景は……朝までテレビを付けっ放しで横になりました。

３月23日、第83回選抜高校野球大会の開会式での選手宣誓が流れました。

「宣誓。私たちは16年前、阪神淡路大震災の年に生まれました。今、東日本大震災で多くの尊い命が奪われ、私たちの心は悲しみでいっぱいです。被災地では全ての方々が一丸となり、仲間とともに頑張っておられます。人は、仲間に支えられることで大きな困難を乗り越えることができると信じています。

私たちに今できること。それはこの大会を精いっぱい元気を出して戦うことです。がんばろう！　日本。生かされている命に感謝し、全身全霊で正々堂々とプレーすることを誓います」

土曜日の夜、報道番組「新・情報7ｄａｙｓニュースキャスター」でこのシーンを観たとき、胸が張り裂けそうになりました。

頑張ろう日本！　地震が起きてから私、しばらくブログを書く手が止まってしまいました。

昔受けた東北の恩

頑張れ！　岩手県

東北の方々は、寡黙で言葉は少ないですが、心が温かく、親切、我慢強いという印象を持っております。

軽自動車で東北一周旅行。大学時代のお話です。長岡に行って3年目の夏休み、ボロ軽自動車ホンダライフによる東北一周の一人旅に出ました。長岡→新潟→村上→鶴岡→秋田→青森→下北半島→十和田湖→田沢湖→盛岡→三陸海岸→平泉→松島→仙台→蔵王→会津若松→日光→東京という2週間の強行軍です。

そのとき印象的だったこと。

秋田男鹿半島のなまはげ。

小高い丘を下を向きながら歩いて、やっと頂上だと思った矢先、「うお～～！」目の前で鬼が吠えた！「ひえ～～」、さすがにビックリして飛び上がってしまった。そのあと、食べたきりたんぽは美味しくなかった。

秋田は美人が多かった。新潟も多いが秋田のほうが多い。

青森の魚市場。津軽弁で何を言っているか分からない。何でも売っていてとても楽しい所。

本州最北端の下北半島の大間。ここで車のウオーターポンプが壊れて修理工場へ。一日暇になりフェリーで2時間函館へ。トウモロコシを食べて再び大間へ。うまかった～。ここで修理費がかさんで、ここからほとんど野宿でたまにユースホステル泊となった。とほほ。

十和田湖近くの奥入瀬渓流。日本一の渓流美だけあって、それはそれは美しかった。そして、田沢湖から岩手県の盛岡までは、たいへんな道のりだった。岩手県の思い出は、わんこそばと三陸海岸と岩手の方々のお人柄だ。

盛岡のわんこそば。一日何も食べず夜挑戦。お店は空いており、私一人。一杯食べ終わるとすぐに横にいるおばちゃんたちがそばを投げ入れる。空いているので、おばちゃん3人がかり。それはないでしょ。ルールとしては、そばを投げ入れる前にふたをしなければいけない。最後は苦痛に。計130杯ぐらい食べたかな。そばがそばが……喉まで来ている。

おばちゃんたちの「お兄ちゃん、どっから来たのけ？」とか「それいけどんどん」だとか「盛岡のそばはうめえべ」だとか……。今考えればほんと素朴なあたたかい思い出だ。さすがに山道では、そばが逆流してしまった。

陸中海岸の絶壁はすごかった。陸中海岸国立公園は陸路285キロの長さがある。その日、陸中海岸に着いたのは真夜中。何か下のほうで海の波の音がしている。車の中で野宿をしたあと、夜明け時、下をのぞき込むとなんと絶壁。高所恐怖症の私は真夏だというのに鳥肌。

しかし、絶景！　海から太陽が上がってきた。それはそれは美しい日の出だった。陸中海岸の景色のすばらしさは今でも脳裏に焼き付いている。

そして、海岸沿いに南下。途中、三陸鉄道に「おりかさ駅」を発見。「おりかさ駅にいるおりのかさくんです」と地元の人に写真を撮ってもらった。皆「そうけ、そうけ」とあたたかく笑っていた。

その夜は、どこかの駅前にて車の中で野宿。夜中、トントンとガラスをたたく音。なんとなんと駐在さん。

「おばんでやんす。何しておりやんすか？」

「東北一周旅行中でやんす」

「そんですか。たいへんご苦労さんでやんす」

あんれ？　免許証見ないの？　まったく疑いの様子なし。心がすっかりあたたかくなって、その日はゆっくり眠れた。

さて、私にとっての岩手県はそんな学生時代のあたたかい思い出があり、その後、1回出張で訪れましたが、いずれも変わっていませんでした。東日本大震災で三陸海岸地方は壊滅的な被害を受けました。津波により破壊された景色を見るたびにあのすばらしかった景色が脳裏を過り、ほんと胸が痛みます。

頑張れ！　宮城県

軽自動車での東北一周旅行大学時代のお話の続きです。

前回は三陸海岸までお話をしました。今回は平泉→松島→仙台です。三陸海岸南下から方向を変えて内陸へ平泉中尊寺を目指します。

平泉の中尊寺。豪族藤原清衡の地。中尊寺は山奥のお寺。荘厳ですばらしい。

再び、海へ。松島。

松島海岸から見る島々。島にある松の美しさ。日本的な景色。絶景だ。しばらく観光船の発着所でぼ～っと海の様子を見ていた。さすが日本三景の一つ、観光客の多さにびっくり。親切な船員さんが乗船してくる観光客一人一人に挨拶している。なんか、のどかだなあ！　あたたかい気持ちになったので、今日はここで野宿をすることにした。

確か近くのお店で焼き魚を買ってきたような。学生ですと言ったら、相当おまけしてくれたような。うれしくなって何日ぶりかでビールも飲んだような。海を見つめていたら、何だか寂しくなってしまったような……。

松島はほんとすばらしい所だった。景色もすばらしいし、そこで暮らす方々もすばらしい。

次の日は、大都市仙台へ。きたないTシャツによれよれの半ズボン。そして、ひげ面で汗くさい。この格好で大都市を歩くのは、ちょっぴり恥ずかしかった。

杜の都仙台、青葉城、一番町……。近代的な都市であるが、あたたかみがあった。それは、何ともいえない東北弁のせいでしょう。

もう一つは久々のユースホステル。お風呂？　何日ぶり？　あんれ？　きたなすぎて石鹸の泡がたちません。ご飯らしいご飯？　何日ぶり？　一番美味しかったのは銀シャリ。ササニシキ。4杯食べた？　5杯食べた？

布団？　何日ぶり？　気を失うように眠った。仙台ユースホステルさんにはすっかり元気をもらいました。仙台ユースホステルさんの方々はとても親切でした。私にとっての宮城県はそんな学生時代のあたたかい思い出があり、その後、2回出張で訪れましたが、いずれも昔と変わらない印象でした。

頑張れ！　福島県

2年に一度の家族旅行で、母が遠く東北の地で、病に倒れてしまいました。そして入院。

1週間で回復と思いきや……。日曜の深夜、車で病院に駆けつけた時には脳死状態です。浅草生まれで竹を割ったような性格。躾は厳しく、人さまへの迷惑はお仕置きという母でした。

その後1カ月間、交代で病院で付き添いましたが、父、兄、そして自分はゆっくりと母の思い出の整理ができ、そして、さよならの覚悟ができました。その1カ月の生存は、母の、我々に対する最後の思いやりだったのだと思います。桜の咲く頃、静かに、遠く東北の地で息を引きとりました。

この「遠く東北の地」とは、福島いわきです。ですから、東日本大震災でいわきと聞いた時は胸が締め付けられました。いわきの病院での1カ月間、看護師の方々には本当にお世話になりました。心のこもった対応をしていただきました。すでに動かなくなった母親に東北弁であたたかく「今日はお元気？　さて歯さ、磨きまんしょうね」「あんれ！　今日はお顔がきれいだっぺ」「点滴の針さすけんど、ちょっと痛いよ。ごめんね」

私、たまらなくなって、外へ出て、空を見上げたことも何度かありました。涙が流れるのを抑えるためです。

その節はたいへんお世話になりありがとうございました。母親も十三回忌を迎えました。

7　折乃笠部長のもう一つの顔　小説家

甘く切ない夜汽車の物語

これは今から30年前、学生さん（私）の夜汽車の物語です。本当にあった話であり、今でも思い出すと胸がキューッと甘く切なくなります。

学生さんは実家東京葛飾を離れて、遠く越後長岡の大学の寮にいました。当時、上野発新潟行の急行列車に〝佐渡〟がありました。急行型湘南タイプの電車が使用されていて、夜中に越後をめざして走り続けます。これは学生さんが21歳の時の物語です。

冬、学生さんは東京の家に帰っていました。ある夜、生意気盛りの学生さんはお母さんと大喧嘩をしてしまいます。もともと浅草生まれのちゃきちゃきの江戸っ子のおかあさんは学生さんが心配で心配でしょうがないのですが、つい帰ってくると、きつい言葉を発してしまうのです。学生さんは、お父さん、お兄さんの静止を振りきって鞄を持って家を飛び出してしまいました。学生さんは、京成電車で上野駅へ。

そして、上野駅の地下の薄暗いきたない食堂でラーメンを注文しました。学生さんは映画「男はつらいよ」の寅さんの大ファンで、いつも寅さんがここでラーメンをおいしそうに食べているのを見ていたので、さぞおいしいものと思ったのでしょう。しかし、ラーメンはとてもまずかった！　そして、ちょっとしょっぱかった！　泣いていたのかもしれませんね。

本当は寅さんの妹のさくらや帝釈天の源さんのように上野駅に連れ戻しに来てほしかったのかもしれません。

急行佐渡が上野駅を離れます。もし、急行佐渡が隣の日暮里駅に止まっていたならば、そこで降りて京成電車で家に戻ったかもしれません。

車内はスキーへ行く学生たちや家族で賑やか、とても楽しそうです。学生さんはお母さんとの大喧嘩を後悔しています。大宮、高崎、渋川、水上、寝付けません。せまい直角椅子に横になります。もし、家にいたならば、今頃柔らかい布団の中なのに……。

長い国境のトンネルを越えて越後湯沢へ。まだ眠れません。六日町、小出、越後河口、長岡。眠れない夜汽車の車中ほどつらいものはありません。学生さんは長岡で電車を降りました。まだ暗いホームは大雪です。汽笛とともに急行佐渡は新潟に向かいました。赤いテールランプはすぐに見えなくなりました。それが、雪のせいなのか、学生さんの涙のせいなのか。今となっては分かりません。

その後、学生さんはお母さんが亡くなるまで大喧嘩はしなくなりました。それはお父さんからあとで聞いた話で、学生さんが家を飛び出してしまった夜、お母さんは一睡もせず布団の中で泣いていたからでした。学生さんは二度とお母さんを悲しませてはいけないと思ったのです。

急行佐渡。甘く切ない夜汽車の物語。

「ふるさとの訛なつかし停車場の人ごみの中にそを聴きにゆく」啄木

ウイスキーが、お好きです

ウイスキーのテレビのコマーシャル。おしゃれなカウンターレディーがちょっと寂しげに笑いかけています。おじさんたちがうれしそ～にウイスキーを飲んでいます。ウイスキーって深みのある物語だと思いませんか？　それだけで絵になりますよね。

これから語る話は本当にあった物語です。越後長岡に来て3年目の春、ある夜、学生さんはたまには一人で静かに飲んでみたいと思い、バイト代は少なくなっていましたが、街のはずれにある〝フラミンゴ〟というパブに初めて入ってみました。なぜかネオンのあたたかさに誘われたのでした。

店はカウンターと数席のテーブルで小さなお店でしたが、ママさん、E子さんらのお人柄からか、とても居心地の良い、温かい雰囲気でした。最初は緊張してビールをチョビチョビ飲んでいた学生さんもすっかりリラックスしてご機嫌モード。ウイスキーのボトル入れちゃおうかな、なんて……。

はて予算はあったかな？　ちょっとトイレへ。財布の中の千円札を確認。ん〜なんとか、ぎりぎりありそうだ。「ウイスキーのボトルを入れてください」なぜか敬語。すっかりお店の皆さんと意気投合。ご機嫌モードの学生さんは、絶好調。さて、そろそろ帰ろうかな。明日は実験もあるし……。「お勘定を〜」財布から千円札をヒ〜フ〜ミ〜、な・な・な・ない！　千円たりない！

「あっ、あのう〜そのう〜」

「どうしたさあ〜おめさん？　なんだ、そんこと？　今度来んときでいいさ！」（超新潟弁）とやさしくママさん。E子さんも笑っている。

次の日、千円持って急いで開店前に。

「帰ったあと、トイレに千円札落ちてたよ。だから、いらないよ。また、千円持って飲みに来てね！」

落ちてるわけないしょ？　と思いながらも、学生さんは心の中で手を合わせました。目にちょぴっと涙が……。

♪ウイスキーがお好きでしょ〜♪

学生さんはその時からウイスキーが大好きになったのです。

その後、学校を卒業してからもお店の皆さんと何年も年賀状のやりとりが続きました。

約20年後、雪の中の長岡の街で再会。E子さんは新しい店ですっかりママになっておりました。ウイスキーの味は、初めて会ったあの時の懐かしい味でした。あの時の学生さんは今でも東京の街並みで夢を語りながら、ウイスキーを飲んでいます。

連作　銀の鈴

〝竹内まりや〟を聞いていました。「駅」という曲が妙に心に染み入りました。金曜日の夕方、私は東京駅の地下1階〝銀の鈴〟のベンチに座っていました。〝銀の鈴〟は私の心の休憩の場です。

銀の鈴～東京駅で一番有名な待ち合わせ場所～東京駅の数ある待ち合わせ場所の中で一番有名な所と言えば、何と言っても〝銀の鈴〟。この銀の鈴は「東京駅に大きな目印を作ろう」という駅員さんの発案から昔々誕生しました。現在は、「4代目銀の鈴」として親しまれています。

そこにいる人たちは、新潟・関西・九州・東北弁でそれぞれ人生を語っています。その人たちの人生を想像すると、心の中で応援したくなるのです。

＊

ベンチにはじっと黙って座っているお父さんと、娘のことをただただ心配で気づかうお母さんがいます。娘さんは1階の売店から幕の内弁当とお父さんのためのワンカップ大関とたぶん弟のための東京のお菓子を袋一杯に買ってきました。娘さんはきっと東京にお嫁に来たのでしょう。

なぜ、この場に旦那さんがいないのか？　なぜ、娘さんは幸せそうでないのか？　新潟弁でお母さんが何か言っています。それに対して娘さん、標準語で答えています。なぜ、2人とも哀しそうなのでしょう？

だんだん、娘さんも、新潟弁になっていく。お父さんは2人のやり取りを黙って聞いている。そして時計を気にしています。お母さん、泣いてはだめですよ。新潟弁が切なくささやかれています。私、新潟弁が分かるだけにとてもつらいです。お父さん、ついに荷物を持って立ち上がりました。まもなく、上越新幹線新潟行きの〝とき〟が出発します。お母さんと娘さんはまだ立ち上がりません。

お父さんは少し歩いてから、そっと振り返りました。お父さんの目からは今にも涙がこぼれそうでした。それでもお父さんは黙っていました。お父さんは娘さんを東京においてお母さんと新潟に帰るのですね。まもなく、新潟行きの〝とき〟が発車致します。〝銀の鈴〟が鳴っています。

＊　　＊

さっきから若い男女が手を握り合ったまま、黙って座っています。彼は目新しいスーツとビジネス鞄を持っています。銀ぶちの眼鏡がとても似合う好青年です。たぶん、丸の内のオフィス街に勤めるエリートなのでしょう。

彼女は西陣織のバッグを持っています。色白のやさしそうな娘さんです。その雰囲気から京都の名家のお嬢さんなのでしょう。相変わらず、2人とも黙って座っています。でも、時々目で会話しているように見えます。2人の目はとても悲しそうなのです。

そのとき、彼は鞄の中からニューヨーク行きの航空券をそっと出しました。彼女は西陣織のバッグから京都行きの切符を出しました。共にそれは1枚ずつしかありませんでした。彼にはアメリカでの長期滞在が待っている。彼女は京都の名家を継ぐために結婚が待っている。

そろそろ新大阪行きののぞみの発車の時間です。彼女はそっと立ち上がりました。彼も立ち上がりました。彼女は八重洲のほうへ静かに歩き始めました。彼は丸の内のほうへ歩き始めました。2人は最後まで振り向くことはありませんでした。〝銀の鈴〟が鳴っています。

＊　　　＊

向こうからとても大きな鞄を持ったおばあちゃんとそれに付き添うように中年の女性が歩いてきました。

おばあちゃんは少し足が不自由で、腰も少し曲がっています。顔はとても日に焼けていて、皺だらけです。その身なりは、けっして裕福とは思えません。

中年の女性は背筋をきちっと伸ばして、真っすぐ歩いてきます。ちょっと冷たそうな地方の役人というような雰囲気を持っています。

2人は旅の疲れを少しでも癒やすためにベンチに座りました。おばあちゃんは大きな鞄の中からボロボロの風呂敷を取り出し、その中の食べかけのおにぎりを食べ始めました。海苔も巻いていなければ、中には梅干しすら入っていません。背中を丸めて、おにぎりを食べているおばあちゃん。悲しすぎて直視できませんでした。

その後、おばあちゃんは中年の女性に福岡弁で自分の身の上話を始めました。

中年の女性はそれを黙って聞いています。おばあちゃん、時々感極まって涙声になります。この時ほど、私、福岡弁ができなくてよかったと思ったことはありません。少し分かってしまったことは、おばあちゃん、福岡の田舎で一人暮らしをしていたが、もう体の限界。福岡の施設に少しいたが、金銭面で東京の施設へ。

しばらくたって、2人の出発の時です。おばあちゃん、大きな鞄を持とうとした時、バランスを崩して倒れそうになりました。私、そっと鞄を持ってあげた時、その鞄のあまりの重さにびっくりしてしまいました。

おばあちゃんは、私の顔を見上げて笑っていました。その目はとてもやさしい目でありました。この大きな鞄の中には、おばあちゃんの人生がいっぱい詰まっているんですね。

そのあと、おばあちゃんと中年の女性は、山手線のほうへ歩いて行きました。〝銀の鈴〟が鳴っています。

＊　＊

私の目の前に、とても奇妙なカップルが現れました。

男の人は上下ジャージを着ていて、そのジャージには秋田サッカーチームの名前が刺繍されています。身長はそれほどは高くなく、黒ぶちの眼鏡をかけた普通の男の人です。

女の人はGパンにTシャツ、その上にけっしてセンスがいいとは言えない羽織るものをまとっています。ベンチに座って看護師の教本を読んでいます。金縁の眼鏡を取った時の顔は、目を見張るような秋田美人でした。

ふたりの荷物は？　たったこれだけ？　着の身着のまま、秋田を飛び出してしまったのでしょうか？　でも2人はとても楽しそうです。ほとんど理解できない秋田弁が2人の間を飛び交っています。

その時、女の人の携帯が鳴りました。女の人は一瞬怪訝な顔をしましたが、携帯に出ることはなく、切ってしまいました。男の人はしばらく何か考えているようでした。そして、何かを決心したらしく、女の人にささやきました。

そのあと、2人は東海道新幹線のほうへ歩いて行きました。〝銀の鈴〟が鳴っています。

新潟のお父さんの涙、東京と京都の別れ、福岡のおばあちゃんの大きな鞄、秋田からの駆け落ち、人一人、皆人生があるのですね。そして、皆一人で生きているわけではない。だから、楽しい、だから、悲しい。自分の人生、周りの人たちの人生、大切にしていきたいと思います。

＊

あたいは猫である

これはノンフィクションです。

あたいは猫である。名前は「ネロ」。正式には決まっておりません。茶トラのメスです。5月2日に生まれて5月6日に「ママ」と姉、妹、弟と一緒に折乃笠家に預けられました。

なぜって？　実はあたいの生まれた家は折乃笠家よりさらに2キロくらい山の中に入った家で、あたいの「ママ」はその家の外で飼われていました。理由は、そこのおばあさんが猫嫌いのため、おばあさんに内緒で「ママ」が飼われていたのです。そんな時、あたいらが生まれたため、そこのおかあさんが、やばいと思ったらしく、あたいらが大きくなるまで約2週間折乃笠家に預かってもらうことにしたのです。

6日「ママ」とあたいらはダンボールに入れられてキャットフードと一緒に折乃笠家にやって来ました。まだ生まれて4日しかたっていないので、体はねずみくらいの大きさしかなく、目が見えません。

ここであたいの家族を紹介致します。「ママ」は三毛猫で体が大きく、スタイル抜群です。顔は目と目がくっついているので、ユニークな顔をしています。声がハスキーでギイーギイーと鳴きます。でも性格がやさしくて人なつこいです。また、おしっこやうんちも外でしか絶対しないし、食べ物にがっつかないので折乃笠家では好評です。

姉の「ミケ」は「ママ」と同じ三毛猫で、とても器量良しです。ただし性格がきつくて、よく鳴きます。妹の「マロン」はあたいと同じ茶トラでそっくりです。でも、あたいがいつも「ママ」のおっぱいを取ってしまうため、あたいより痩せています。

弟の「グンテ」は体が黒で顔が白、鼻の周りが黒でとてもひょうきんな顔をしています。4本の足の先端が白くて、まるで軍手のようなので名前が「グンテ」になりました。

あたいら4匹は今後いったいどうなるのでしょうか？　どこかにもらわれるのか？　捨てられてしまうのか？　とても心配です。

あたいは猫である。折乃笠家に5月6日に来て、3日が経ちました。まだ目が開いていません。ここであたいらが来た日の折乃笠家のおとうさんとおかあさんの会話です。夜遅くおとうさんが会社から帰ってきました。
おかあさん「実は……」
おとうさん「何だべ……？」
おかあさん「……猫預かった……」
おとうさん「ほげ⁉」
おかあさん「山乃口さんの家の猫、２週間くらい預かることになった」
おとうさん「ほげ⁉　……何で？」
おかあさん「子どもが生まれて、おばあさんに言えないので大きくなるまで預かってって」
おとうさん「何匹？」
おかあさん「全部で５匹！」
おとうさん「ぎょえ〜！　ダメ、ダメ、ダメ！　山乃口さんとはそんなに親しくないじゃんか。何で？　何で？　どうして？　どうして？　すぐ帰せ、返せ！」
おかあさん「ちょっと　ダンボールの中見てみ」
おとうさん「………」
おとうさん「かわゆぃ〜！」

おかあさん「でしょ～♪」
おとうさん「………」
おとうさん「ちょっとだけよ。２週間だけよ……。でもそのあとは絶対に！　絶対に！　飼わない！　ペルが死んでまだ半年もたっていないし」
というわけで、あたいらが大きくなるまで折乃笠家においてもらえることになりました。
よかったあ～！

折乃笠家のお兄ちゃんたち２人は、あたいらをとってもかわいがってくれています。大きいお兄ちゃんはあたいのことが一番好きらしく、いつも撫でてくれます。小さいお兄ちゃんは「グンテ」が好きらしく、「グンテ」「グンテ」と言って手の上に載せています。真ん中のおねえちゃんは冷たいです。どうも前にいた白猫の「ペルおじさん」のことが忘れられないらしく、「どうして皆ペルのこと忘れてしまったの？」と言っていました。あたいら４匹はいったいどうなってしまうのでしょうか？

あたいは猫である。折乃笠家に来て10日が経ちました。あたいらはすっかり大きくなり、やっと猫らしくなってきました。姉の「ミケ」はますますかわいくなってきました。妹の「マロン」はあたいにそっくり、でも相変わらず痩せています。あたいは太っています。弟の「グンテ」はますますひょうきんになってきました。

あたいらは夜はダンボールの中で寝ています。昼間はダンボールから抜け出して「ママ」にくわえられて台所へ行ったり、2階に登ったり、毎日家の中を冒険しています。

夕方になるとおかあさん、お兄ちゃんやおねえちゃんが帰ってきて、とてもかわいがってくれます。おとうさんはいつも夜中に帰ってきます。帰ってくると玄関にあるあたいらのダンボールの家のふたをそっと開けます。そして、20分ぐらいじっと見ているのです。薄目を開けて見てみたらとてもやさしい顔をしていました。でも相変わらず、おかあさんには「絶対に飼わない。もうすぐ返す」と言っていました。あたいらはどうなってしまうのでしょうか？

あたいは猫である。折乃笠家にきて2週間経ちました。すっかり折乃笠家に慣れてきました。でも今日とても悲しいお別れがありました。姉の「ミケ」が山乃口さんの親戚にもらわれていきました。「ママ」は気が違ったように家の中を走り回り、姉を探していました。でも、夜になって諦めたらしく、とても悲しい顔をしていました。

妹の「マロン」ももらい手が決まったみたいです。弟の「グンテ」とあたいはどうなってしまうのでしょうか？　噂によると、もらい手がいない場合、山乃口さんがどこかに捨てにいくということみたいです。あたいと弟の「グンテ」は寄り添うようにして、互いの顔を見つめました。そんな「グンテ」の顔があまりにもおかしくて、あたいは笑ってしまいました。

あたいは猫である。とうとう運命の日23日がやってきました。

山乃口さんが夜、あたいたちを迎えに来ました。「ママ」が抱かれて車の中に……そして、「グンテ」も一緒に……。あたいは……あれぇ～？　連れてってくれないの？　おかあさんの手の中にいる。やさしい目で見つめられてる。

そうです。あたいは折乃笠家に置いてもらうことになったのです。よかったあ～！　皆さん～！　あたいは折乃笠家で幸福になります。おとうさんのブログにも時々登場しますのでよろしくね！　名前はやっぱり「ネロ」なのかなあ？

26日弟の「グンテ」が帰ってきました。実はもらい手が決まらず、取りあえず大きくなるまで折乃笠家で預かることになったのです。大きくなったら山乃口さんが飼うそうですが……。「グンテ」は愛嬌があってかわいいので、あたいはずっと一緒にいたいです。おとうさんは「グンテ」が行ってしまってから「グンテはどうした？」「グンテはどうした？」と一番心配していました。あたい、おとうさんに「グンテ」とずっと一緒にいたいとお願いしようと思っています。

皆さん、はじめまして。おいらは猫である。弟の「グンテ」です。

28日の朝、とても、とても、とても悲しい、悲しいことがありました。姉の「ネロ」（あたい）が死んでしまいました。朝、おとうさんが起きてきて、おいらに聞きました。

「おはよう。グンテ！　おまえは相変わらず元気だな。ネロはどこ行った?」

おいらは、「知らないよう。おいらが夜中いじめるので、ひとりで隣の部屋へ行ったよ」と。

おとうさんが隣の部屋で立ちつくしていました。その手の中には動かなくなった「ネロ」がいました。「ネロ～！　おいらを一人にしないでくれよ～！」。おいらは思いっきり泣きました。

折乃笠家の皆は「ネロ」の死をとても悲しみました。

おとうさん「フランダースの犬の主人公ネロのように、強く、明るく、やさしい子になってもらいたいと、女の子だけどネロと名付けた。早死にしてしまうところが似てしまった。こんなことなら、あの時山乃口さんに連れて帰ってもらえばよかった。すまない」

おかあさん「ママと別れてから、うんちやおしっこをしていない。内臓が悪かったのかな。もっと早く気がついてやりたかった。ごめんね」

大きいお兄ちゃん「前の日、体が牛乳だらけだったのでお風呂に入れてやった。気持ち良さそうに泳いでいた。きっと、あのお風呂が原因だ。申しわけない」

おねえちゃん「昨日の夜、一緒に写真を撮った。フラッシュをたいてしまった。びっくりして死んでしまったの？　ごめん」

小さいお兄ちゃん「………」↑ショックで何も言えず。

おいらは猫である。「グンテ」です。前に「ネロ」が「おいらと一緒に折乃笠家にずっといたい」と言っていたのを思い出します。

おいらは、おいらのことをとても心配してくれた姉の「ネロ」のことは一生忘れません。だからそのためにも、おいらは、おとうさんにずっと折乃笠家に置いてほしいと頼むつもりです。

最後におとうさんのコメントです。

今週のノンフィクション物語『あたいは猫である』は、30日（金）に「あたいは猫であるⅧ」でハッピーエンドに終わる予定でした。ところが28日（水）の朝、主人公「ネロ」は死んでしまいました。私が手にした時はまだ体があたたかく、とても幸せそうなかわいい顔をしていました。ペットが死んでしまうのは本当に悲しいことですね。「ネロ」は短い間でしたが、折乃笠家に来て本当に幸せだったのか？　最後に幸せそうな顔をしてくれていたのがせめてもの救いでした。

ママは猫である。5月2日に山乃口さんの家の軒下で4匹の子猫を産みました。その後、折乃笠家に私ら親子5匹は預かってもらいました。折乃笠家の人たちはとても私たちをかわいがってくれました。

長女の「ミケ」は三毛猫で、たいへんな器量良し。ちょっと性格がきついかな。次女の「ネロ」は茶トラで、まるまるしています。目がとってもかわいくて性格がやさしい。三女の「マロン」も茶トラ。いつも姉の「ネロ」におっぱいを横取りされて痩せています。性格はおっとりしています。末っ子の男の子「グンテ」は体が黒で顔が白。とてもひょうきんで元気いっぱい。皆の人気ものです。

子猫たちは日増しにかわいくなってきて「ママ」としては手放したくありませんでした。まだ、よちよち歩きで真っすぐ歩けません。でもいつまでも一緒にはいられないし、悲しいお別れが近いことは分かっていました。そんな中、6月22日、「ミケ」と「マロン」は山乃口さんの知り合いの家にもらわれていきました。次の日、私と「グンテ」は山乃口さんの家に帰りました。「ネロ」は折乃笠家に残ることになりました。

お別れの時、折乃笠家にもらわれた「ネロ」の寂しそうな目が今でも忘れられません。その数日後、「ネロ」が死んでしまったことを私は聞かされました。胸が詰まるほど悲しい知らせでした。

弟の「グンテ」は姉の「ネロ」の分も元気で、折乃笠家でかわいがられていました。折乃笠家の人々が名前を呼ぶと「みゃ〜」と返事をして、体をすり寄せて寝てしまいます。折目が濃いブルーで、とてもかわいいです。おとうさんは会社から帰ってくると、真っ先に「グンテ」「グンテ」と言って、家中探し回ります。「グンテ」はとても幸せでした。

昨日、折乃笠家のおかあさんから「グンテ」が死んでしまったことを知らされました。「ママ」はダンボールの家にこもって思いっきり泣きました。

最後におとうさんのコメントです。「あたいは猫である」「おいらは猫である」はハッピーエンドで終わらせるつもりが、どんどん悲しい方向に進んでしまいました。獣医の妹の話では、親離れが早過ぎたためウイルスにやられた？　ストレスか？　とのことでした。子猫を2匹も死なせてしまって……。今回の「ママは猫である」で、このシリーズは最終回と致します。悔いても悔い切れない悲しい物語になってしまいました。

おかあさん

つい最近読んだ小説に重松清著『かあちゃん』があります。講談社の宣伝文は、「『お母ちゃんな……笑い方忘れてしもうた』親友をいじめた。誰からも助けてもらえなかった、あいつは、自殺を図り、学校を去った。残された僕たちは、それぞれの罪を背負い、罰を受けて、一人の年老いた『かあちゃん』に出会った。母が子どもに教えてくれたこと、子どもが母に伝えたかったことを描く、感動の最新長編！」

この小説で感動したことは以下です。少年の自殺未遂に関連した一人の年老いたかあちゃん、いじめた少年のお母さん、いじめられた少年の先生のお母さん、その先生の同僚のお母さん、いじめた少年のお母さん、いじめられた少年のお母さんが、いろいろな側面でこの事件に絡んでいる。母親の子どもに対する愛情の深さと、それを表現する方法の違いに改めて感動致しました。

もう一つは、母親は若いと思っていても、実はどんどん年を取っていく。改めてそれに気がついたときの子どもの切なさと感謝の気持ち。講談社のフレーズ、「生まれてきた瞬間、いちばんそばにいてくれるひと。あなたのおかげで、僕は一人ぼっちではありません」

皆さん、おかあさん、かあちゃん、お袋、ママ……感謝の気持ちで、もう一度考えてみましょう。これから、4人の〝かあちゃん〟を紹介します。これは全て事実を基にその〝かあちゃん〟の子どもの立場で紹介しています。

＊

おいらは3人兄弟の末っ子で、今でいうと、ど田舎で生まれました。生まれた時は、家にはまだ電気は引かれていなくて、ランプの生活。家は貧しく、食べ物は全て自給。野菜は自作、にわとりを飼っていて、卵は最高のご馳走、年に数回、鳥ナベの大ご馳走。かあちゃんはおいらが覚えている限り、いつも働きどおし。ゆっくりお茶を飲んでいる姿なんか見たことがない。だから、体が小さくて痩せている。それに、強度のお国訛りのため、あまり人前でしゃべらない。ただし、小さな目の奥にはやさしさと同時に人を見る鋭さがあった。

小学生の時、兄貴と素手で殴り合いの兄弟げんかをしていると、手が痛いだろうと２人に大根を持たせた。

中学一年の時、すでにバイクに乗ってタバコを吸っていたけど、特に何も言わなかった。高校の時は毎日どか弁を作ってくれた。はっきり言って料理はうまくなかった。

おいらは、すでに結婚して、自分の子どもも就職するくらい大きくなり、かあちゃんを思い出す時……母ちゃんの手。体は小さいのに手が大きかったことを思い出す。

そして、爪の先はいつも真っ黒。今思うと働きすぎで夏でもあかぎれで腫れていたのと、素手で泥いじりをするので、いつも土が爪の間に入っていたのだ。

そう言えば、おいらの結婚式の時、その大きな手で涙を素手で拭いていたのを思い出す。今ではすっかり年取って腰も曲がってしまったが、しばらくぶりにかあちゃんに会いに行こうと思う。大好きな草団子をいっぱいお土産に持って行こうと思います。

折乃笠談　このお話は私の茨城の叔母さんのことをその子ども（私の従弟）が書いています。

＊

お母さん、介護施設から2日間、家に帰ってきましたね。昔、とても美人でおとなしくてしっかりしていて。いつも控えめで周りの皆のことだけを思って。

私、若い頃、お父さんと大喧嘩も数回。いつも強情な自分の味方になってくれました。今は家族のことが分からない。自分の家のことが分からない。小さくなった体をそっと布団に寝かせてやりました。その体のあまりの軽さと優しい無垢な顔に思わず涙が……。お母さん。なぜ人って年を取るのでしょうかね。なぜ、年を取るってこんなに哀しいのでしょうか。

折乃笠談　このお話は私の家内のお母さんのことをその義理の子ども（私）が書いています。

＊

私のママは、いつも自分のことよりも私のことを優先してくれます。私が生まれてすぐの時、風邪を引いてしまい、何日も寝ないで看病してくれました。少し良くなったら、ママが哺乳瓶を持って寝ているのを薄目で見ていましたよ。

お兄ちゃんにいじめられると、うまく喧嘩両成敗してくれました。弟が生まれると、私を寂しくさせないように、弟の面倒を3歳の私にまかせました。その当時の写真を見ると、私はいつも弟と一緒に写っています。だから、弟は今でも私になついています。小学校の時、私、生徒会長になったんです。その時はとてもつらいことが多かったんです。

私、ママと同じで、つらくても人には言わないし、いつもニコニコしているので周りの人には分からない。でも、ママは分かっていたのです。だから、いつも、やさしく手を差しのべてくれました。

中学校の時、部活の軟式テニスと友達とのおしゃべりは本当に楽しかったです。高校受験で、どうしても硬式テニスがやりたくて、遠くの高校に進むのを許してくれました。だから、高校の時はテニスと勉強を頑張りました。県大会でベスト4になったのは、ママが試合に必ず応援に来てくれて友達の分もお弁当を持ってきてくれたからだと思います。

ママ、ありがと！　私、看護師になったらいっぱい親孝行するからね。

折乃笠談　このお話は私の家内のことを私の娘が書いています。

＊

お母さん、覚えていますか？　10年前のこと。お父さん、兄貴家族、僕の家族で、東北いわきに旅行しましたね。その夜に、お母さんは突然具合が悪くなり、病院で容態悪化し、早朝に緊急心臓バイパス手術を実施しました。その後入院し、お父さん、兄貴、僕、親戚の交代で、病院に泊まり込みの付き添いをすることにしました。

お母さんは下町生まれで竹を割ったような性格。誰よりも涙もろく、いつも人のために働いて。

我々は、日頃の感謝の気持ちで、連日の600キロの往復、徹夜も苦になりませんでした。僕の付き添いの時、「おまえはお父さんと私にとって自慢の息子だ。教育のない2人のために、努力に努力を重ねて国立大学、大学院まで出てくれた。今は立派な会社に入って技術者として頑張っている。ありがとう」と言い、それが僕との最後の会話でした。

その夜、心臓が不整脈を起こし、意識不明、脳死状態。その後の1カ月間、我々は、お母さんの顔を見ながらゆっくりと思い出の整理ができたのでした。そして、〝さよなら〟の覚悟もできました。

お母さんは、桜の咲く頃、静かに、遠く東北の地で、息を引きとりました。目も見えない、耳も聞こえない、声も出ない脳死状態で、我々のために1カ月間なんとか頑張ってくれたのですね。思い出の整理、最後のさよならの覚悟、そして桜の花のために。お母さん、僕の〝最後の「ありがとう」〟です。

お母さんへ　　　　公徳

おわりに

折乃笠が部署異動でブログ終了時に、次のような内容の、たいへんうれしいコメントをもらいました。

「お目にかかったことはありませんが、ブログの大ファンでした！ ブログを通して折乃笠部長のお人柄を垣間見ることができたような気がします。新しいお仕事も頑張ってください！」

「毎日楽しく読ませていただいています。ファンの多い部長ブログが終了するなんて寂しいです！　再開を熱望します」

「今までありがとうございました。折乃笠さんが部長になってから、部の雰囲気が随分変わってきたと思います。ブログから学んだことを糧に、これからも明るく仕事をしていきたいと思います」

「ブログ終了、残念です。折乃笠部長とは仕事での付き合いがなく、お話ししたことすらありませんでしたが、ブログを通して一方的に親交（?）を深めました。テーマがいろいろとあり、毎日楽しみにしていたので、来週からが寂しいですね。またどこかで書いてくだa さいね」

折乃笠ブログでは、自身の知見や知識が広くなり、新しい価値観や希少な経験を得ることができました。合わせて多くの人たちと〝心〟の交流を持つこともできました。これは私の会社員人生の中で一番の成果であり、勲章でもあります。技術開発に固守し、ほとんど真っすぐ前しか見ず、成果主義で走っていた自分の人生を大きく変えてくれました。

折乃笠ブログの終了後、その成果を生かしてさらにパワーアップし、一生のテーマとして〝人間らしく生きる〟を追求するために、一年に一テーマでエッセイ（ブログ）を書いています。具体的には、富士山一周徒歩の旅、東京23区探索徒歩の旅、神奈川の歴史を訪ねる徒歩の旅、宗教とは何かについての探索の旅、人間らしく生きるにはどうすればよいかの追求、科学的に「心」とは何かの考察などです。作成には、構想、計画、現地現物調査、研究、考察、まとめと膨大な作業となります。

今後、以上の折乃笠ブログやテーマなどで、私の心・体・頭にインプットされたデータをなんらかの手段で世の中にアウトプットしていきたいと思っています。世のため、人のため、今まで苦労をかけた家族のために、もう一度突っ走ろうと思います。

最後に、本書制作にあたり尽力いただいた文芸社出版企画部の山田さん、編集部の今泉さんに感謝致します。

また、「刊行によせて」にて、身にあまるお言葉をいただきました元社長近藤詔治様にお礼申し上げます。お言葉をいただけただけでも今回の出版は十分過ぎる価値があったと思います。

そして、いつも突っ走り過ぎている私をサポートしてくれる家内及び3人の子どもたちに「ありがとう」です。

著者プロフィール

折乃笠 公徳（おりのかさ こうとく）

1957年11月生まれ。
東京都葛飾区立石出身、山梨県大月市在住。
長岡技術科学大学大学院修了。

全力で突っ走れ！ 蔵出し 折乃笠部長ブログ

2020年 1 月15日　初版第 1 刷発行

著　者　折乃笠 公徳
発行者　瓜谷 綱延
発行所　株式会社文芸社
〒160-0022　東京都新宿区新宿1－10－1
電話　03-5369-3060（代表）
03-5369-2299（販売）

印刷所　株式会社フクイン

ISBN978-4-286-21136-7　JASRAC 出 1911073－901